El nom del porc

Albert Om

EL NOM DEL PORC

Els 533 millors insults i disbarats de 20 anys de democràcia

Premi Pere Quart
d'Humor i Sàtira

Patrocinat per

Ajuntament de Sabadell

EDICIONS
La campana

El jurat format per Joan Blanquer, Josep M. Espinàs, Josep Faulí, Sílvia Oliver i Ignasi Riera acordà atorgar al llibre **El nom del porc,** d'Albert Om, el Premi Pere Quart 1997, patrocinat per l'Ajuntament de Sabadell.

1a. edició: novembre 1997
2a. edició: desembre 1997

Edicions La Campana
Balmes, 65, 4rt., 1a. - 08007 Barcelona
Tel.: 453 16 65 / Fax: 451 89 18

Disseny coberta: Nèstor Macià

ISBN: 84-88791-63-4
Dipòsit legal: B. 49.663 - 1997
Fotocomposició: EdiGestió (Barcelona)
Imprès a Romanyà/Valls. Capellades (Barcelona)

A l'Anna, que me l'estimo molt,
i a l'Alfonso Guerra, que no me l'estimo tant,
però que, amb la seva loquacitat,
m'ho ha posat molt més fàcil.

«Des que he agafat el teu llibre
fins que l'he deixat,
no he pogut parar de riure.
Algun dia, ja miraré de llegir-me'l.»

GROUCHO MARX

Agraïments

Primer de tot, als meus pares.

Després, al Carles Capdevila, per haver-m'hi emmerdat; al Pau Arenós i al Blai Felip, per la seva paciència i esperit crític, i al Pere Tordera, per la foto i pel porquet.

També a la Txus Esteve, pel suport multimèdia; al Jordi Roca, pels papers d'*El Capsigrany de l'Any*; i al Servei de Documentació de *La Vanguardia* i a l'hemeroteca de la Caixa d'Estalvis de Sabadell, per deixar-me remenar els seus arxius.

I, finalment, a tota la gent d'El Terrat, perquè la cosa duri molts anys.

INTRODUCCIÓ

«Parlar és barat,
perquè l'oferta supera la demanda.»

Anònim

El món és una gran càmera que gira al voltant dels polítics. Quan s'encenen els focus, és de dia. (Els polítics parlen.) Quan s'apaguen, és de nit. (Els polítics somien què diran l'endemà.) Els micròfons són el cordó umbilical que els uneix al món i els manté vius. I és que, en política, el silenci no existeix. Ni ara ni abans. La dictadura va ser un monòleg de 40 anys. Insuls. Etern. La democràcia, de moment, ja són 20 anys de diàleg i rèpliques constants.

El nom del porc recull, precisament, les grans animalades que han dit els polítics catalans i espanyols des del 1977: les més insultants, les més enginyoses, les més insolents, les més patètiques, les més cultes, les més sarcàstiques, les més surrealistes, les més estúpides, les més perverses. Són centenars i centenars de bales disparades en multitud de batalles i escenaris diferents. Cada dia esclaten nous focus de conflicte, però els exèrcits guarden la seva millor artilleria per a les campanyes electorals. Aleshores és quan tots els soldats són cridats a files, els enfrontaments es radicalitzen i el combat es fa especialment intens. L'endemà de l'alto-el-foc és dia de descans, de reflexió. I al següent, la població civil té dret a triar qui ha estat l'heroi de la batalla. El guanyador governarà durant quatre anys, mentre els rivals es refan lentament de la derrota.

La història d'aquest llibre comença a la primera gran batalla democràtica: la campanya per a les eleccions generals del 15 de juny del 1977. Els polítics s'estrenaven en l'art del cos a cos públic. Catalunya i Espanya tot just despertaven a la democràcia en un clima d'excitació general. Hi havia motius de sobres per a l'eufòria col·lectiva: els Papes encara no es guanyaven la vida gravant discos del Rosari; Enrique Iglesias, si cantava, ho feia en la intimitat de la llar, i el comú dels mortals desconeixia l'existència d'una criatura (de fet, ja no tan criatura) anomenada Ana García Obregón.

Als ciutadans, els havien dit que ja eren lliures. I alguns, que s'ho van prendre al peu de la lletra, van començar a circular pel carrer amb pantalons de campana. Altres satisfeien les seves ànsies llibertàries copiant-li les patilles a l'heroi televisiu del moment: Curro Jiménez. I, el més important, al *pitxitxi* del Barça mai no li hauria passat pel cap marxar a Itàlia. Es deia Clares, Manolo Clares i s'assemblava a Ronaldo. També tenia pocs cabells.

Els polítics, el 1977, s'omplien la boca parlant d'una llibertat acabada d'estrenar. No semblava que res estés prohibit: ni el tabac (marques com Sombra o Tres Carabelas es podien adquirir als estancs amb total impunitat) ni tan sols l'avortament. Això sí, en aquest últim cas, es convidava les noies a realitzar aquestes pràctiques a la bonica ciutat de Londres. O sigui, que en aquell temps, no només primava la tolerància, sinó també el foment del turisme entre les capes femenines de la població, històricament molt menys viatjades, ja des de l'època dels grans descobridors de les Amèriques, motiu pel qual no han d'estranyar a ningú les tendències sexuals dels germans *Pinzones*.

Ara ja fa 20 anys d'aquell 1977. *El nom del porc* aprofita aquest aniversari per fer un recorregut humorístic per l'altra cara de les hemeroteques polítiques. El llibre no vol ser una teoria sobre la degeneració del llenguatge polític. Ni té cap pretensió d'exhaustivitat. Només ordena i recupera, per a futures generacions, els 533 millors insults i disbarats que han dit els polítics en democràcia. És part del llegat que els nostres representants públics ens han volgut transmetre i, com a tal, l'hem de respectar.

Algú es preguntarà: i per què 533? La veritat és que, primer, en tenia 532, però em feia la impressió que el llibre quedava una mica pobre. Després, hi vaig afegir dues frases i, amb 534, em temia l'efecte contrari: que el lector se sentís ofegat per un excés d'informació innecessari. Al final, ho vaig deixar en 533. (Algunes d'aquestes frases apareixen, durant el llibre, en més d'una ocasió. En aquest cas, només porten número d'ordre la primera vegada que són citades.)

A *El nom del porc,* el lector hi descobrirà apassionants aspectes de la personalitat dels nostres polítics. Hi ha la desmesura patriòtica de Manuel Fraga; el seny desbocat de Jordi Pujol; el clam persistent de Juan Carlos Rodríguez Ibarra; la insolència vulgar de Juan Hormaechea; el sarcasme barroc d'Aleix Vidal Quadras; la paraula embruixada de Felipe González; l'exabrupte invariable de Luis Ramallo; l'improperi refinat de Josep Borrell; el magisteri diví de Julio Anguita; les floritures nostàlgiques de Blas Piñar; la contundència racial de Xabier Arzalluz; el verb obcecat de José María Aznar; el canibalisme histriònic de Jesús Gil y Gil, o la follia commovedora de José María Ruiz Mateos. I, entre tots ells, la joia de la corona: Alfonso Guerra. El seu enginy descomunal i la seva llengua viperina s'han aliat per oferir els episodis polítics més sagnants d'aquests últims 20 anys. Ell contra tots. I tots contra ell.

Ara, Alfonso Guerra ja no hi és. Ni tants i tants d'altres protagonistes de la democràcia. Però *El nom del porc* vol que les seves paraules perdurin per sempre més entre nosaltres. Mentrestant, la batalla dialèctica haurà continuat. Els bons polítics no callen mai. Un silenci es podria interpretar com una lamentable falta d'idees.

1. ELS PROTAGONISTES, UN PER UN

«Pese a todo, el fútbol es lo más coherente de cuanto sale en televisión.»

MANUEL VICENT

El futbol és un tema d'interès general. La política diuen que també. De fet, la política —amb la seva barreja de crits i sentiments, d'himnes i banderes, de pàtries i milions— ja ho és, com un partit de futbol. Només que una mica més llarg. Contra els desitjos d'alguns i els pronòstics de molts, la democràcia ha superat els 90 minuts reglamentaris.

Durant aquests 20 anys, centenars i centenars de polítics han tingut l'oportunitat de saltar al camp a demostrar les seves qualitats. La majoria només han pogut esgarrapar uns minuts i han caigut en l'oblit popular. Altres, pocs, han aguantat en primera línia de foc des del primer dia. De fet, només ho han aconseguit tres personatges: Manuel Fraga, Jordi Pujol i Xabier Arzalluz. La història d'aquest llibre és la història de les millors fintes verbals d'uns i altres; dels que van tenir una carrera efímera i dels que moriran al terreny de joc.

De tots ells, n'hi ha 11 que formen un possible equip titular d'aquests 20 anys i quatre més que ocupen plaça a la banqueta. Per les seves boques, ha passat bona part del joc democràtic. Tots són homes. La política és així. Com un partit de futbol. Només que una mica més llarg.

XABIER ARZALLUZ

President del PNB i líder històric del nacionalisme basc.

Inexpugnable

Exponent d'una llarguíssima tradició de porters bascos, el seu caràcter decidit i enèrgic atemoreix els rivals, de manera que no gosen ni acostar-se a la porteria. Aquesta circumstància li permet sumar-se a l'atac sempre que ell ho cregui necessari, o sigui, bastant sovint.

MANUEL FRAGA

AP-PP. Cap de l'oposició conservadora a les tres primeres legislatures. Des del 1989, president de la Xunta de Galícia.

Desbordat

Acostumat a una època de marcatges ferris a l'home, es va veure desbordat per un sistema nou, que donava excessiva llibertat als jugadors. A la vista d'això, va optar per abandonar la idea inicial de ser el conductor de tot el joc i es va replegar cap a posicions més perifèriques, on, tot i la seva veterania, encara conserva part de l'ímpetu que el va fer famós.

ADOLFO SUÁREZ

Fundador de l'UCD, primer, i del CDS, després. President del govern espanyol entre 1976 i 1981, quan va dimitir.

Elegant

La seva forma elegant de conduir l'equip i d'obrir el joc cap a noves zones va seduir els espectadors i, especialment, les espectadores. Però aquest seu estil, excessivament cavallerós, va ser aprofitat pels seus rivals, fins a forçar-lo a demanar el canvi. Va ser substituït per **Leopoldo Calvo-Sotelo** (sense qualificar).

SANTIAGO CARRILLO

Secretari general del PCE fins al 1982. Expulsat del partit, el 1986 va fundar el Partit dels Treballadors d'Espanya. El 1991, va abandonar la política.

Sacrificat

Va tornar, ja gran, al futbol espanyol després d'una llarga temporada a Moscú, en un fitxatge que va ser realment polèmic. Encara va ser a temps d'aportar serenitat i esperit d'equip, abans que donés pas a les noves generacions. Actualment el seu lloc l'ocupa **Julio Anguita**, que practica un futbol d'una altra galàxia.

ALFONSO GUERRA

Vicesecretari general del PSOE entre 1979 i 1997. Vicepresident del Govern entre 1982 i 1991.

Incansable

Lluitador d'esperit indesmaiable, és un d'aquells jugadors temuts pels equips i aficions rivals. Sotmet els contraris a una persecució implacable i, a més, dispara amb tanta facilitat com punteria. Actualment, i per problemes familiars, no juga amb la mateixa assiduïtat, però quan ho fa, encara dóna mostres del seu esperit combatiu.

FELIPE GONZÁLEZ

PSOE. President del govern espanyol entre 1982 i 1996.

Malabarista

Va entrar a l'equip per la banda esquerra, però un cop a dalt li va trobar el gust a jugar en posicions més de centre i a fer servir, també, la seva cama dreta. Les seves dots malabars —i alguns jugadors que li feien la feina bruta— l'han permès sortir airós de les situacions més compromeses.

JOSÉ MARÍA AZNAR

PP. President del govern espanyol des del 1996.

Voluntariós

La seva inclusió com a director de joc representa el triomf d'una altra manera de veure el futbol: és el *work team* contra el *dream team*, la voluntat contra la classe, el treball contra la inspiració. Però, conscient que el futbol és un tema d'interès general, té ganes d'agradar al públic. Ho demostra no perdent mai el somriure, ni en les jugades més complicades.

JORDI PUJOL

CDC. President de la Generalitat des de 1980. En les dues últimes legislatures ha donat suport als governs minoritaris de PSOE i PP.

Indispensable

Titular fix, ningú li ha discutit mai la seva privilegiada posició per la banda, tot i que, a vegades, pequi d'un excés d'individualisme. Últimament, també es mou àgilment per zones més centrals del terreny de joc, sigui quin sigui l'entrenador i el sistema de joc utilitzat.

JUAN CARLOS RODRÍGUEZ IBARRA

PSOE. President de la Junta d'Extremadura des del 1983.

Desassistit

Inamovible com a extrem esquerre, es va dedicar més a protestar que no pas a jugar. Va encarar-se amb els seus propis companys, perquè, en algunes fases del partit, obrien massa joc per la banda dreta i el deixaven a ell sense pilotes.

ALEJO VIDAL QUADRAS

PP. El 1996, després del pacte del seu partit amb CiU, va haver de deixar els càrrecs de president del PP a Catalunya i de president del grup parlamentari.

Incisiu

Va utilitzar el nom futbolístic d'Aleix, en un intent infructuós de guanyar-se el suport del públic. Es va afartar de disparar des de qualsevol racó del camp, i amb qualsevol excusa, fins que un canvi passatger en la tàctica del seu equip el va apartar provisionalment de la formació titular.

PASQUAL MARAGALL

PSC. Alcalde de Barcelona des de 1982 al 1997.

Absent

Jugador amb fama de brillant, exhibeix les seves genialitats només en comptagotes. En moltes fases del partit dóna la impressió que estigui més per les seves particulars aficions oníriques que no pas pel que està passant al terreny de joc. Els companys fa temps que el pressionen per què assumeixi noves responsabilitats.

MIQUEL ROCA

CDC. Diputat a Madrid entre 1977 i 1994. El 1986, la seva «operació reformista» va treure 0 diputats. Ara és cap de l'oposició a l'Ajuntament de Barcelona.

Desencisat

Molt apreciat pels seus propis companys, no ha acabat de donar tot el que s'esperava d'ell. La presència a la seva mateixa posició d'un jugador insubstituïble ha reservat per a ell el paper de l'*etern suplent*. En les poques oportunitats que ha tingut per demostrar la seva vàlua, li ha faltat sort. Actualment, passa una etapa de desencís, tot i que no s'espera que faci ús de la seva clàusula de rescissió per canviar de club.

BLAS PIÑAR

Diputat de l'ultradretà FN entre el 1979 i el 1982.

Desemparat

Jugador extremadament religiós, va veure com un canvi de sistema el condemnava a la reserva (espiritual). Acostumat a jugar en vertical i per a un sol líder, li va ser impossible adaptar-se a un nou esquema, basat en el joc col·lectiu. Però no es pot dir que la seva absència en les alineacions fos especialment sentida pel públic.

JUAN HORMAECHEA

Exalcalde de Santander i expresident de Cantàbria. S'ha presentat a les llistes d'UCD, AP-PP i Unió per al Progrés de Cantàbria, el seu propi partit, fins que ha estat inhabilitat pels tribunals.

Indisciplinat

El seu caràcter extremadament individualista i polèmic l'ha obligat a canviar d'equip amb molta freqüència. Durant una temporada, el públic semblava que li perdonés tot, però al final els seus actes d'indisciplina l'han acabat condemnant a la banqueta (dels acusats).

JOSÉ MARÍA RUIZ MATEOS

Empresari expropiat i exeurodiputat.

Estèril

Poc efectiu de cara a la porteria contrària, es va dedicar a jugar més de cara a la galeria, amb accions tan espectaculars com estèrils. El poc públic que, en un principi, aplaudia les seves genialitats, va acabar donant-li l'esquena. Últimament ha hagut de cedir el seu lloc a la convocatòria a **Jesús Gil y Gil**, que gràcies a la seva corpulència i decisió, s'emporta per davant tot el que troba i es beneficia d'una sorprenent tolerància arbitral.

2. CANAL POLÍTIC

«No perdis mai l'oportunitat de practicar el sexe o de sortir a la televisió.»

GORE VIDAL

Senyores i senyors, benvinguts a Canal Polític, emetent actualment en període de proves. Els preguem que continuin atents a les seves pantalles. D'aquí a uns moments, començarà la programació corresponent al dia d'avui de la primera televisió protagonitzada íntegrament pels nostres polítics. Com veuran, es tracta d'un canal eminentment infantil. Esperem que els agradi la selecció que ells mateixos han preparat per a vostès.

EL CIRC DE LA TELE

1. **«Guerra es una mezcla entre Miliki y Buffalo Bill en su última etapa.»**

Felipe Alcaraz, IU, 09/06/94, valorant l'última novetat incorporada per Alfonso Guerra als mítings: els micros sense fil.

NOVES AVENTURES DE PINOTXO (3 CAPÍTOLS)

2. **«Antes consideraba a Pujol sólo como Qua-**

simodo, pero ahora le va a salir la nariz más larga, como a Pinocho, con las mentiras que dice.»
Jorge Verstrynge, AP, 10/04/84.

3. **«El señor Guerra miente tanto que la lengua, que es como la nariz de Pinocho, no le va a caber en la boca.»**
Adolfo Suárez, CDS, 05/06/87.

4. **«A Roca li creixerà el nas més que a Pinotxo per dir tantes mentides.»**
Enric Lacalle, PP, 16/10/89.

PRIMER TALL DE PUBLICITAT

5. **«Anguita es el primo de Zumosol de Aznar.»**
Juan Carlos Rodríguez Ibarra, PSOE, 04/02/96.

DIBUIXOS ANIMATS

6. **«Pujol és com la Pantera Rosa, cosa que toca, cosa que trenca.»**
Raimon Obiols, PSC, 17/10/82.

7. **«Pujol es como el Gato Azrael.»**
Alfonso Guerra, PSOE, 30/04/88, donant un paper al president de la Generalitat en una nova versió dels Barrufets.

8. **«Cada vez que veo a Aznar en televisión me recuerda más a Panorámix, el druida de Astérix y Obélix, que fabricaba la poción mágica contra los romanos.»**
Josu Bergara, PNB, 23/05/95.

9. **«Serra, Molins i Trias de Bes són els germans Dalton i Saura és Lucky Luke.»**
Joan Oms, IC-Els Verds, 01/03/96.

SEGON TALL DE PUBLICITAT
10. **«Entre nosotros hay dos cirujanos, de los que yo soy uno de ellos, que queremos curar a España porque está enferma, sucia y enfangada por la pornografía y el porro. España está tan sucia, que tendremos que lavarla con el agua, a veces torrencial como estos días, y con el detergente *Fraguiel*. Señora, corra la voz entre sus vecinas de que éste es el mejor detergente.»**
Anastasio Martín Muñoz, candidat a senador d'AP per Alacant, 25/10/82, trobant una fórmula nova de presentar Manuel Fraga en un míting.

EL MISSISSIPI
11. **«El PSOE no siente las piernas.»**
Juan Berga, IU, 29/02/96, convertit en un Rambo de la política.

AVANÇ DE PROGRAMACIÓ

12. **«Yo dejaría a Aznar cinco horas diarias de televisión para que aburriera a la gente.»**
Joaquín Leguina, PSOE, 16/10/89.

13. **«Si gobernamos nosotros, no habrá un puñetero culebrón en la radiotelevisión pública.»**
Julio Anguita, IU, 13/05/93.

LA VEU DEL TELESPECTADOR

14. **«La programació de les televisions privades és una desgràcia social.»**
Narcís Serra, PSC, 15/05/93.

15. **«Si alguien vota al CDS es por incultura, por la misma razón que este país está tragándose la serie *Abigail*.»**
Juan Hormaechea, president de Cantàbria pel seu partit, Upca, 26/05/93.

TERCER TALL DE PUBLICITAT

16. **«PP y PSOE son como la Coca Cola y la Pepsi Cola: mismo producto y distinta marca.»**
Agustín Moreno, IU, 17/02/96.

MISSATGE FINAL DEL PRESIDENT DEL GOVERN

17. **«De televisión ya no voy a decir más, porque me ha dejado de interesar.»**
José María Aznar, PP, 12/10/89.

3. BESTIARI

«De tots els animals de la creació,
l'home és l'únic que parla sense tenir res a dir.»

JOHN STEINBECK

Animal: Ésser vivent dotat de sensibilitat i moviment voluntari.
Polític: El qui s'ocupa dels afers públics, de la ciència i l'art de governar.
Animal polític: Persona incivil, grollera, rude, ignorant, que forma part d'aquest immens bestiari en què s'ha convertit Espanya, en aquests 20 anys. El zoo que visitaran a continuació està poblat per polítics de les espècies més diverses. Algunes han entrat en vies d'extinció, però altres continuen patint els efectes de la superpoblació. Entre l'home i l'animal, només hi ha una diferència: la raó; precisament, el que els polítics sempre neguen als seus rivals.

CONSELL PREVI A LA VISITA

18. **«Cuando uno entra en el zoo no se ofende de lo que hagan los monos ni de lo que pueda hacer un gorila.»**
Julio Anguita, IU, febrer de 1996, després que Joaquin Leguina, PSOE, li hagués dit «gilipollas».

Porc**:** Mamífer ungulat domèstic, que es caracteritza pel seu gregarisme i per la seva olor intensa i persistent.

19. **«Els senadors del PSC porten, com els porcs, una etiqueta PSOE a Madrid.»**
Albert Vallvé, CiU, 01/03/96.

20. **«Hormaechea puede disfrazarse de cerdo, porque le gusta revolverse en la basura.»**
José Gutiérrez Portilla, alcalde de Torrelavega, 20/11/89, triant disfressa per al president de la seva comunitat.

21. **«José Meliá es un consumidor de Piensos Sanders.»**
Alfonso Guerra, PSOE, 1980, preocupat per l'alimentació porcina del secretari d'Estat de la UCD.

22. **«Todos los cerdos se juntan en manada.»**
Jon Idígoras, HB, 05/06/87, en una peculiar definició de tots els opositors a la seva coalició.

Ovella**:** Mamífer remugant, potser excessivament dòcil de tracte.

23. **«Señor Juan Barranco: tenga un poco de personalidad y no actúe como un rebaño de ovejas.»**
Agustín Rodríguez Sahagún, CDS, 28/05/87, en un debat d'alcaldables a l'Ajuntament de Madrid.

Xai: Fill de l'ovella fins a l'edat d'un any, que encarna les virtuts màximes de la innocència.

24. **«Hoy hemos aprendido que la piel de cordero nunca acaba por tapar ciertos pies negros o rojos de sangre.»**

Manuel Fraga, AP, 23/12/77, després d'una intervenció de Santiago Carrillo al Congrés.

Cangur: Mamífer marsupial que, més que caminar, va fent saltironets.

25. **«Hay que elegir entre nuestro camino hacia el progreso o los canguros de Manuel Fraga, Miguel Roca, Adolfo Suárez y compañía.»**

Alfonso Guerra, PSOE, 07/06/86.

Gos: Mamífer carnisser que, per regla general, és fàcilment domesticable, tot i algunes excepcions evidents.

26. **«Rodríguez Ibarra no habla, ladra. Parece un perro de presa.»**

Ramon Aguirre, PP, 28/04/97.

Llop: Mamífer carnisser, que sobresurt per la seva voracitat i el seu apetit insaciable.

27. **«El PSOE té el llop de la dreta dins de casa i es diu Jordi Pujol.»**

Antoni Gutiérrez Díaz, IC, 04/06/94.

Guineu: Mamífer carnisser de cua llarga i grossa, que sent autèntica debilitat per la família de les gallinàcies.

28. **«Posar els nacionalistes al govern d'Espanya és com posar la guineu al galliner.»**

Aleix Vidal Quadras, PP, 03/12/92, després que Aznar manifestés una certa voluntat d'acostament a Jordi Pujol.

Toro: Mascle de l'espècie bovina no castrat, amb una llengua més preuada des del punt de vista gastronòmic que no pas filològic.

29. **«Abril Martorell continúa siendo un hombre inteligente, pero tropezón, con la lengua estropajosa; parece un toro que dice muu antes de empezar a hablar. Yo creo que tiene algo de dislexia en alguna parte del cerebro.»**

Alfonso Guerra, PSOE, febrer de 1980.

Elefant: Mamífer del grup dels proboscidis, que destaca per les seves notables dimensions corporals.

30. **«Fraga y Morán són dos elefants cecs que no saben ni on trepitgen.»**

Eduard Punset, CDS, 29/05/87.

Mamut: Animal semblant a l'elefant, que va tenir la seva època, però que ara ja està molt passat de moda.

31. **«Robles Piquer es un mamut prehistórico que dice en democracia las mismas chorradas que en el franquismo.»**
Alfonso Guerra, PSOE, 05/05/83.

ÀREA D'INSECTES

Grill**:** Insecte ortòpter, que tot sol ja destaca per les notes agudes que profereix, però que en formació arriba a nivells acústics intolerables.
32. **«IU es una fantomática coalición, que va a ser una jaula de grillos.»**
Santiago Carrillo, PTE, 01/06/86.

Llagosta**:** Insecte ortòpter d'habituds migratòries, que pot arribar a destruir la vegetació dels llocs per on passa.
33. **«Tamames siempre ha sido un saltamontes frívolo.»**
Antoni Gutiérrez Díaz, IC, 03/06/89, sense sorprendre's del pas de Ramón Tamames, del PCE al CDS.

Mosca**:** Insecte dípter, d'impertinència contrastada.
34. **«Sóc una mosca que intenta que el cavall del poder no s'adormi.»**
Antoni de Senillosa, CDS, 22/10/82.

Vespa**:** Insecte himenòpter, amb un fibló que fa picades molt doloroses.

35. **«Carrillo es como una avispilla que te encuentras en el campo cuando vas mirando flores.»**
Julio Anguita, IU, 01/06/89.

Poll: Petits insectes que busquen persones no especialment escrupoloses amb la netedat per *okupar-los* el pis de dalt.
36. **«No quiero que dejen insectos en el Ayuntamiento. Son unos piojosos.»**
Jesús Gil y Gil, novembre de 1995, justificant la seva negativa a deixar una sala municipal al grup d'Izquierda Unida.

Paparra: Aràcnid traqueal que es dedica professionalment a xuclar la sang d'altri.
37. **«Aquest noi és com una paparra, que no para mai de parlar.»**
Pasqual Maragall, PSC, 29/05/87, valorant la intervenció de Josep Maria Cullell, en un debat sobre alcaldables a l'Ajuntament de Barcelona.

Paràsit: Dit de l'animal que viu a sobre o a dins d'un organisme viu, del qual obté aliment, protecció o qualsevol altre avantatge.
38. **«CiU és un paràsit enganxat a la pell de Catalunya, que ens està traient els diners per a benefici dels *jetas* dels seus *jefes*.»**
Aleix Vidal Quadras, PP, 19/02/96.

39. **«Alfonso Osorio es un parásito de la política, que ahora hace de Judas con el señor Fraga.»**
Luis Ramallo, AP, 13/05/88, després que Osorio hagués criticat públicament Manuel Fraga.

Arna: Petit insecte lepidòpter, propens a rosegar i destruir el lloc on s'ha criat.
40. **«Guerra es una polilla que destroza la esencia del PSOE.»**
Francisco Álvarez Cascos, PP, 23/01/92.

ÀREA PISCÍCOLA
Anguila: Peix teleosti, molt difícil d'enganxar per la seva pell extraordinàriament lliscant.
41. **«Suárez és una anguila, que sempre s'escorre.»**
Joan Reventós, PSC, 08/02/79.

Calamar: Molusc ccfalòpodc quc, cxcepte en la seva versió a la romana, té una tendència innata a cmbrutar l'cntorn.
42. **«Fraga es como un calamar que suelta la tinta para escurrir el bulto.»**
Joaquín Leguina, PSOE, 23/05/89, després que Fraga l'acusés d'un presumpte cas de corrupció a la Comunitat de Madrid.

43. **«El PP está creando confusión y crispación. Su arma política es la tinta de calamar.»**
Alfonso Guerra, PSOE, 21/05/95.

ÀREA DE SAURIS
Cocodril: Sauri de color verdós, poc sincer en la secreció del seu líquid lacrimal.
44. **«Las maniobras de Guerra son lágrimas de cocodrilo, con dientes de cocodrilo, con perdón de los cocodrilos.»**
Manuel Fraga, AP, 03/06/87.

ÀREA AVÍCOLA
Gallina: Femella d'una espècie d'ocells de l'ordre de les gallinàcies, que no destaca, precisament, per la seva especial valentia.
44. **«El actual gobierno socialista es un grupo de gallinas que no se atreve a encarcelarme.»**
José María Ruiz Mateos, maig de 1988.

Voltor: Ocell de presa de grans dimensions, que s'alimenta d'animals morts.
45. **«Jara es peor que un buitre carroñero.»**
Gabriel Díez Berbel, alcaldable d'AP a Granada, 28/05/87, destacant les virtuts del seu rival socialista, Antonio Jara.

46. **«Vascos y catalanes son buitres prestos a recoger la carroña.»**
Pedro Pacheco, Partit Andalusista, 30/05/93, elaborant una bonica imatge sobre els pobles basc i català.

ÀREA RECREATIVA

Espai condicionat pels responsables del zoo, amb la finalitat que els animals s'hi sentin còmodes, hi passegin i s'expressin tal com els surti de dins.

47. **«Aznar va por ahí "asnando".»**
Alfonso Guerra, PSOE, 20/05/91.

48. **«Fraga está montado en el burro, con el rabo agarrado y mirando hacia atrás.»**
Miguel Angel Martínez, PSOE, 02/06/86.

49. **«Estas afirmaciones de Guerra no son más que rebuznos.»**
Julio Anguita, IU, 10/06/94.

50. **«Usted ladra mucho.»**
Josep Borrell, PSC, 29/04/92, valorant una intervenció al Congrés de la diputada del PP Teófila Martínez.

51. **«Le agradezco que, en su intervención, usted no haya rebuznado.»**
Javier Gómez, PP, 29/04/92, donant les gràcies al ministre Borrell i sortint en defensa de la seva companya Teófila Martínez.

52. **«Los socialistas son un coro de rebuznadores.»**
Oscar Baselga, delegat del PP a Extremadura, maig de 1997, fent gala de la proverbial locuacitat extremenya.

53. **«Borrell vol fer mèrits davant d'Alfonso Guerra per poder accedir finalment a un ministeri, a través del qual continuar donant cosses a Catalunya.»**
Miquel Roca, CiU, 15/10/89.

54. **«No s'acosti a la diòcesi de Solsona, perquè tenen un bisbe que mossega.»**
Aleix Vidal Quadras, PP, 11/11/95, donant un consell en públic a Rodolfo Martín Villa.

55. **«No insulto, no muerdo; razono.»**
Julio Anguita, IU, marcant diferències amb la resta d'espècies del zoo i reiterant que tots aquells que vulguin accedir a ell ho han de fer amb una condició prèvia: «programa, programa y programa».

56. **«La oposición sólo viene a los plenos a cacarear chorradas.»**
Jesús Gil Marín, alcalde d'Estepona i fill de Jesús Gil y Gil, desembre de 1995, demostrant com el tarannà democràtic es transmet de pares a fills.

57. **«España se hace con razones y no con coces. Cuando algunos ladran tanto, es porque cabalgamos por el buen camino y deprisa.»**
José María Aznar, PP, 12/05/91, llegint un discurs amb més imatges animals que «El hombre y la tierra».

58. **«No me gustan las imágenes taurinas, señor presidente, porque me precio de no tener cornamenta.»**
Pedro Schwartz, Coalició Popular, defensant al Congrés el seu bon nom.

ÀREES DE MÀXIMA SEGURETAT

La direcció del zoo ha decidit crear unes àrees de màxima seguretat per acollir dues espècies que, per la seva perillositat, és preferible que estiguin allunyades del públic i de la resta d'animals. D'aquesta manera, es vol preservar la seguretat dels ciutadans i evitar les baralles continuades i segurament que estèrils.

Àrea 1: el porc senglar

La primera d'aquestes àrees es va muntar fa 10 anys. Havia d'acollir una espècie molt buscada a Catalunya: el porc senglar. El va caçar el president de la Generalitat en persona. Jordi Pujol ja feia temps que el tenia ullat, però va esperar fins a l'octubre del 1987, al parc de la Ciutadella. El diputat socialista Josep Maria Sala acabava d'assegurar que els diners de les loteries catalanes es desviaven cap a «butxaques poc honorables». Pujol li va disparar en calent: «**Vostè és un diputat *jabalí*.**»

Sala no es va immutar. Fins i tot va penjar un retrat d'un porc senglar al seu despatx, perquè la gent pogués establir comparacions directes entre un i altre. Llàstima que Sala no tingués l'honor de ser el primer porc senglar en la història del parlamentarisme espanyol. Ortega y Gasset, el 1931, ja en va detectar uns altres a Madrid: «Nada de estériles e inútiles vocingleos, violencias en el lenguaje o en el ademán. Porque es de plena evidencia que hay sobre todo tres cosas que no hemos venido a hacer aquí: ni el payaso, ni el tenor ni el jabalí.»

L'expressió va fer fortuna i es va consolidar per a aquells diputats abonats al merder. Una vegada, cinc polítics orgullosos de pertànyer a aquesta espècie dels porcs senglars es van acostar a Miguel de Unamuno, segons explica Luis Carandell al llibre *El show de sus señorías*: «Don Miguel, aquí tiene usted a los cinco jabalíes de la Cámara.» La rèplica d'Unamuno va ser contundent: «Imposible, los jabalíes van solos o en parejas. Los que van en piaras son los cerdos.»

Avui dia, el porc senglar *caçat* per Jordi Pujol (Josep Maria Sala) ha perdut gran part de l'agressivitat que el caracteritzava. Els anys passats en captivitat i la implicació en afers judicials —que li són absolutament estranys i desconeguts— han restat força a les seves urpades i han calmat tots els seus perseguidors. Però perquè el seu record no es perdi en el temps, el visitant trobarà a continuació una selecció d'alguns dels seus atacs i d'alguna de les persecucions de què va ser objecte.

59. **«Antoni Comas és un personatge il·lustre de l'Espanya negra, que figurarà en la història d'honor del segle XX.»**
Josep Maria Sala, PSC, 14/02/92, enfrontant-se a una de les seves víctimes favorites, el conseller de Benestar Social de la Generalitat.

60. **«El senyor Sala és un cas patològic de llibre. El seu atreviment descansa en la seva absoluta ignorància.»**
Josep Caminal, CiU, 28/07/89.

61. **«En temes fonamentals per al país, a CiU actuen com a pseudopatriotes que, amb la senyera, intenten amagar la cartera.»**
Josep Maria Sala, PSC, 27/07/89.

62. **«És indignant que una inversió tan important com el parc d'atraccions de Salou sigui criticada per una persona de tan baix nivell intellectual com Sala.»**
Antoni Subirà, CiU, 27/07/89.

63. **«Suárez és com la mala herba, que mata la bona que hi ha al seu costat, però ella no mor mai. Roca, en canvi, s'assembla a les *borrajas* que, com sabeu, és un *cardo* de pell arrugada amb pèl que punxa, mal gust i mal sabor.»**
Josep Maria Sala, PSC, 17/10/89.

64. **«El problema és que el PSC *saleja* massa. Tenir un Sala està bé, però si es multipliquen pot arribar a imprimir caràcter.»**
Miquel Roca, CiU, 12/10/89.

65. **«Granados seria un bon director general de la televisió d'un règim com el de Ceacescu.»**
Josep Maria Sala, PSC, abril de 1991, buscant feina per al director general de la Corporació Catalana de Ràdio i Televisió, Joan Granados.

Àrea 2: el dobermann

La segona àrea de màxima seguretat s'ha reservat per al dobermann. Tothom parla d'ell, tothom assegura haver-lo vist, però encara ningú l'ha pogut identificar. Sí que se'n saben, en canvi, les seves característiques. Té les orelles punxegudes i la cua molt curta, ridícula, gairebé. És el guardià ideal: fort, musculós i elegant. Protegirà el seu amo fins a la mort, perquè té la lleialtat com a virtut màxima. El seu temperament valent i atrevit fa que sigui capaç de guanyar a qualsevol oponent que se li posi al davant.

La primera pista per a la seva futura identificació la va donar un vídeo electoral del PSOE. Els socialistes situaven el dobermann a les files del PP. Però la immensa riquesa de la fauna popular dificulta enormement el treball dels investigadors.

66. **«El dóberman que sale en el vídeo del PSOE muy bien podría ser el diputado Luis Ramallo.»**
Gustavo Suárez Pertierra, PSOE, 27/02/96.

67. **«Álvarez Cascos fue a ver a Pujol de caniche y salió disfrazado de dóberman. Tienen que hacer algo con este señor, no sé si ponerle un bozal, pero algo tienen que hacer.»**
Felipe González, PSOE, 21/01/97.

68. **«Prcficro scr dóberman a cómplice del GAL.»**
Francisco Álvarez Cascos, PP, 21/01/97.

69. **«Baselga es un cachorro de dóberman.»**
Francisco Fuentes, PSOE, maig de 1997, referint-se al delegat del PP a Extremadura.

70. **«Rato es uno de los artífices de la crispación, pero ahora ofrece su verdadera faz, por-**

que celoso de Cascos ha decidido superarle como perro de presa.»

Juan Manuel Eguiagaray, PSOE, 24/05/97, en plena polèmica sobre la presumpta amnistia fiscal socialista, destapada per Rato.

71. **«Os van a venir todos los dóberman del PSOE de España, pero no a morder, sino a escupir.»**

Rodrigo Rato, PP, 24/05/97, escalfant la precampanya electoral per a les eleccions gallegues.

4. BELLESA I PODER

«Mai se m'oblida cap cara, però en el seu cas amb molt de gust faré una excepció.»

GROUCHO MARX

Jordi Pujol és president de la Generalitat de Catalunya des de 1980 i un dels polítics més importants que ha donat mai aquest país. Però Jordi Pujol és, també, un d'aquells homes que té l'estranya habilitat, especialment els dies de vent, de portar els cabells més estarrufats que Charlie Rivel.

Iñaki Anasagasti és el portaveu del Partit Nacionalista Basc al Congrés dels Diputats de Madrid i un dels polítics d'oratòria més brillant de tot l'arc parlamentari. Però Iñaki Anasagasti és, també, un d'aquells homes que, a mesura que van quedant-se calbs, es fan la ratlla dels cabells cada vegada més enganxada a l'orella.

José María Aznar és el president del Govern espanyol i l'home que ha permès que el gran partit de la dreta espanyola accedís al poder, per primera vegada des de la mort de Franco. Però José María Aznar també és un d'aquells homes amb una expressivitat facial i corporal més aviat limitada.

I és que una gran trajectòria política no té per què correspondre's amb un físic especialment agraciat. És més, normalment no s'hi correspon. (Aquí només convé recordar que Leopoldo Calvo Sotelo va arribar a presidir el govern espanyol.) A un polític, doncs, se l'ha de jutjar per les seves paraules, per les seves obres o, fins i tot, per les seves omissions. Però mai per les seves cuixes ni pels seus culs. Un error, aquest, que s'ha comès amb excessiva freqüència.

COLL

72. **«Rodríguez de la Borbolla es un gilipollas que tiene el cuello torcido de tan gilipollas que es.»**

Pedro Pacheco, alcalde de Jerez, 30/05/87, manifestant el seu particular respecte cap al president de la Junta d'Andalusia.

CABELLS

73. **«Rodríguez Sahagún es un brigada chusquero, al que le cortan el pelo con el casco puesto.»**

Alfonso Guerra, PSOE, febrer de 1980, jutjant l'estil de pentinat del ministre de Defensa.

74. **«Entre Suárez y Fraga, sólo hay una diferencia: Fraga se pela con los pelos de punta y Suárez lo hace hacia atrás.»**

Alfonso Guerra, PSOE, 1980, insistint en la seva debilitat per la perruqueria.

75. **«Isabel Tocino es una tonta rubia meneando la melena; pide el voto durante cuatro días y desaparece durante cuatro años, no sabiendo si una vaca tiene cuatro tetas o cuatro patas.»**
Juan Hormaechea, president de Cantàbria pel seu partit, Upca, 10/05/93.

CARA
76. **«Felipe tiene cara de hucha del Domund.»**
Pedro Schwartz, Unió Liberal, 23/04/84, destacant la generositat facial del líder socialista.

CRANI
77. **«Fraga tiene más volumen craneal que cerebro gris.»**
Santiago Carrillo, PCE, 30/09/82.

COSMÈTICA
78. **«I quina classe de crema es posa l'Aznar que no li surten arrugues quan riu?»**
Manuela de Madre, alcaldessa socialista de Santa Coloma de Gramenet, 28/05/93.

VESTUARI
79. **«Gerardo Iglesias es un chico bonito que cambió la mina por unos pantalones de colores.»**

Santiago Carrillo, PTE, 08/06/86, definint la persona que ell mateix havia proposat com a successor seu a la secretaria general del PCE.

DIETÈTICA

80. **«A esa gorda,** [Cristina Almeida] **en cuanto llegue a Bagdad, le van a poner un velo en la cara y entonces se va a enterar.»**
Guillermo Galeote, PSOE, valorant la presència de Cristina Almeida a la delegació espanyola que va viatjar a l'Iraq per alliberar 15 ostatges.

ESTÈTICA

81. **«Entre los factores del buen entendimiento entre España y Gran Bretaña están las virtudes y la belleza de la señora Thatcher. Durante mi última visita a Londres tuve una entrevista de dos horas con ella y ambos salimos indemnes.»**
El primer ministre socialista d'Afers Estrangers, Fernando Morán, provocant riures i riallades al Congrés, mentre tot Espanya explicava acudits sobre la seva persona.

82. **«Felipe González és tan atractiu com la primavera. Els déus, que el van escollir amb complacència, li van donar, a més d'un encant increïble, unes mans expressives, una veu acaronadora i una dolçor que fascina les multituds.»**
Núria Albó, alcaldessa de La Garriga, al 1989, en un butlletí de campanya del PSC.

83. **«No queremos ser como las 10 o 12 rubias del PP, que se creen que todo consiste en ser modernas y ponerse falda corta.»**
Amparo Rubiales, PSOE, 08/05/93, desmarcant-se de possibles associacions ideològiques amb el seu cognom.

84. **«La estética de la derecha me produce náuseas, con esas lacas, trajes y gestos.»**
Juan Alberto Belloch, PSOE, 12/05/95.

85. **«No he visto nunca a nadie tan feo como Belloch.»**
Celia Villalobos, PP, 15/05/95.

86. **«El PP tiene siete *barbies* que saca para todo, en primera fila y con minifalda.»**
Matilde Fernández, PSOE, 27/02/96.

AUTOESTIMA

87. **«Me niego a quitarme el bigote, que llevo desde los 19 años, ni a vestirme ni a peinarme como me digan. Ha habido hasta un imbécil que dijo que tenía un problema físico que me impedía mover el labio superior. Tenía que haberle dado un mordisco para demostrarle lo bien que me funciona.»**
José María Aznar, PP, 05/11/89.

5. NO SEMPRE ES POT ENCERTAR

«Tinc deu parells de sabatilles,
un per cada dia de la setmana.»

SAMANTHA FOX

El temps converteix els polítics en esclaus de les seves hemeroteques. El que un dia van ser afirmacions categòriques celebrades per la premsa o aplaudides per un públic embogit —«avui he estat bé»—, ara són afirmacions que no es poden llegir sense posar-se vermell: «Però què em va passar, aquell dia?»

Aquell dia era, per exemple, un 22 de maig del 1981. Una estranya epidèmia, coneguda com a pneumònia atípica, causava alarma social a Espanya. El brot ja havia provocat les primeres víctimes mortals. Feia falta un missatge optimista. Algú havia de calmar la població. El ministre de Sanitat, Jesús Sancho Rof (UCD), va decidir assumir aquesta responsabilitat. Va convocar una roda de premsa i va pronunciar unes paraules que demostren que per ser professor d'Òptica —com ell era— s'ha de tenir una visió molt particular de les coses.

88. **«Se trata de un bichito tan pequeño que, si se cae al suelo, se mata.»**
Jesús Sancho Rof, UCD, 22/05/81.

Si el que es volia era un missatge optimista, aquest realment ho va ser. Vist amb la perspectiva que dóna el temps, potser massa optimista i tot. El famós *bichito* va acabar causant 1.200 morts i va afectar més de 20.000 persones, en la intoxicació més gran que hi ha hagut mai a Espanya.

Una prova més que els polítics no sempre poden encertar. Ni en l'oli de colza ni en el resultat del Barça.

89. **«Avui guanyarà el Barça i el dia 26, jo.»**
Josep Maria Cullell, CiU, 11/05/91.

Aquell dia, el Barça va perdre per 4 a 0 al camp del Cadis. I el dia 26, Josep Maria Cullell va veure com Pasqual Maragall tornava a guanyar unes altres eleccions a l'Ajuntament de Barcelona. El polític convergent també va provar sort acompanyant al Barça a dues finals europees: la *final four* de bàsquet a París i la final de la Recopa de futbol a Rotterdam. El Barça ho va perdre tot i el candidat popular, Enric Lacalle, va acabar demanant a Cullell que mai més posés els peus a cap partit dels blaugrana.

Hi ha altres vegades, en canvi, en què el mateix polític s'adona dels errors comesos. Equivocar-se és humà, però rectificar és de savis. I, de saviesa, Pilar Rahola n'ha donat mostres més que sobrades.

90. **«Maragall és víctima del seu espanyolisme militant. Jo no sé fins on arribarà, però no m'estranyaria gens que demanés la Creu de Sant Jordi per a Francisco Franco.»**
Pilar Rahola, ERC, 05/09/93.

91. **«Maragall no és anticatalanista i em sembla un disbarat que algú pugui dir el contrari.»**
Pilar Rahola, PI, 20/01/97, en una frase pronunciada tres anys —i un pacte— després de l'anterior.

Hi ha altres polítics, en canvi, que no han sabut rectificar a temps i han hagut de veure com era la història la que, més tard o més d'hora, els acabava corregint.

92. **«Habrá UCD para 107 años.»**
Adolfo Suárez, UCD, 1979.

93. **«Aznar es un líder sin sustancia, que va a durar poco.»**
Felipe González, 11/05/91, valorant la persona que l'acabaria fent fora de La Moncloa.

94. **«Este chico, Aznar, acabará como Hernández Mancha, porque es muy flojo para dirigir el Gobierno y le falta un hervor.»**
Enrique Curiel, PSOE, 05/06/94.

95. **«El socialismo se convertirá en una mera anécdota regada por la pimienta de ese ilustre caricato que es el señor Guerra.»**
Manuel Fraga, AP, 16/06/86.

96. **«De aquí al 90 nos vamos a comer a los socialistas.»**
Antonio Hernández Mancha, AP, 10/06/87, abans que els seus companys de partit se'l mengessin a ell.

97. **«Es posible que nos convenga tener a Felipe en la cabeza del socialismo, porque nos lo va a poner fácil.»**
Pedro Schwartz, Unió Liberal, 23/04/83.

98. **«Qui voti CiU contribuirà a que Roca Junyent sigui ministre d'un govern socialista.»**
Jordi Solé Tura, PSUC, 25/10/82, preocupat per eliminar possibles competidors a un càrrec que acabaria sent seu.

99. **«Quants menys vots tregui CiU a les pròximes eleccions, millor per a Catalunya, perquè aquests vots podrien servir la dreta espanyola.»**

Narcís Serra, PSC, 01/05/93, abans de veure com els socialistes s'havien de refiar dels vots de CiU per poder continuar governant.

100. **«Si los ciudadanos nos otorgan otra vez su confianza para gobernar, es razonable pensar que, en lo que a mí me afecta, será probablemente la última ocasión.»**

Felipe González, PSOE, 14/06/89, en una prova més que, en política, no sempre s'acaba fent el més raonable.

101. **«Si surto elegit, després d'aquests quatre anys, ja no em torno a presentar.»**

Joaquim Nadal, alcalde de Girona pel PSC, 07/06/87, perdent la noció del temps.

102. **«Desde la entrada de IU, en el Parlamento nadie va a dormirse detrás de los periódicos.»**

Gerardo Iglesias, IU, 01/06/86, pensant inútilment que podria resoldre els problemes de somnolència dels diputats.

103. **«Verstrynge entrará en el PSOE cuando las ranas críen pelo.»**

Alfonso Guerra, PSOE, 1988, cinc anys abans que Verstrynge acabés ingressant al Partit Socialista, sense que les granotes haguessin resolt la seva tradicional al·lopècia.

104. **«Antes muerto que ser secretario general del PCE. Yo soy un hombre de partido, pero no para estar en esos puestos.»**

Julio Anguita, PCE, 1985, avançant una opinió que ara ja s'ha generalitzat: que ell no és un home per estar en segons quins llocs.

105. **«Els socialistes farem extingir les diputacions, mitjançant el traspàs de totes les seves competències a la Generalitat.»**

Joan Reventós, PSC, 18/03/80, abans de perdre les eleccions a la presidència de la Generalitat i de conservar la Diputació de Barcelona com a contrapoder socialista.

106. **«Alianza Popular son unos nibelungos aguafiestas, que en Catalunya quieren coleccionar votos ultramontanos y nostálgicos.»**

Josep Maria Trias de Bes, CiU, abril del 1984, quan encara no intuïa que podria acabar afiliant-se a aquell partit.

107. **«Sólo el PP garantiza en estos momentos un gobierno independiente y no rehén a las órdenes de cualquiera que sea capaz de chantajear como ahora se chantajea al Gobierno de España.»**

José María Aznar, PP, 08/05/94, convençut que mai necessitaria els vots de nacionalistes catalans i bascos per governar Espanya.

108. **«Preferimos no gobernar y que los españoles vuelvan a pronunciarse que tener que gobernar como quiera el señor Pujol.»**
Luis Ramallo, PP, mentre CiU donava suport al govern socialista.

L'OTAN, UN CAS A PART

Els socialistes es van presentar a les eleccions del 1982 amb un lema: *OTAN: d'entrada, no*. D'entrada, deien, només. I és que la segona part de la frase hi era clarament implícita: «D'entrada, no..., però quan ens hàgiu votat i ja siguem tranquil·lament a la Moncloa, que ja no haguem de patir per perdre les eleccions, farem un referèndum una mica amanit, li direm al Calviño que TVE ens doni un cop de mà i acabareu dient tots que sí, ja no per nosaltres, sinó pel vostre propi bé.»

Aquest era, realment, el lema original de la campanya socialista. Però els assessors d'imatge van considerar que era una mica massa llarg i van fer una proposta: si el reduïm en paraules, ja veureu com guanyarà en eficàcia. I no es van equivocar: el PSOE va guanyar aquelles eleccions amb 10 milions de vots; el 1986, va convèncer els espanyols que diguessin sí a l'OTAN —els catalans van dir que no, però perquè sempre ja han estat una mica especials— i, el 1996, van culminar l'operació, col·locant un socialista de barba i ulleres, Javier Solana, a la secretaria general de l'OTAN.

Enmig de tot això, el cantant Lluís Llach va posar una denúncia judicial contra Felipe González per incompliment de promeses electorals. Si bé és cert que els polítics, a l'oposició, diuen el que volen, i al govern, fan el que poden, aquest no va ser el cas de González, el 1982. Recordem el seu gran eslògan en aquelles eleccions: *el canvi*. I, realment, en el tema de l'OTAN, el canvi de Felipe González es va notar i molt.

109. **«No hay que ligar el problema de la CEE con el de la OTAN.»**
Felipe González, PSOE, 16/11/77.

110. **«Los socialistas están categóricamente contra la entrada de España en la OTAN. Nada, pero es que absolutamente nada, sacaría de provechoso nuestro pueblo de su ingreso en el Pacto Atlántico.»**
Felipe González, PSOE, 21/11/78.

111. **«El PSOE sacará en cuanto pueda a España de la OTAN.»**
Felipe González, PSOE, 21/2/81, en el debat d'investidura del president Leopoldo Calvo Sotelo.

112. **«España es un país occidental con compromisos occidentales desde el punto de vista de la defensa (...) Nos tomaremos el tiempo ne-**

cesario para estudiar las necesidades de la defensa española y no perjudicar los intereses del sector del mundo en el que estamos integrados.»
Felipe González, PSOE, 15/3/83, apuntant tímidament el canvi, en la roda de premsa de balanç dels 100 primers dies de govern.

113. **«Ojalá los españoles vean las ventajas de la OTAN.»**
Felipe González, PSOE, 21/06/83, en un viatge als Estats Units.

114. **«Creo que España debe estar dentro del sistema de la OTAN.»**
Felipe González, PSOE, 02/11/83.

115. **«Se debe confiar en el Gobierno que, teniendo en cuenta los intereses nacionales, fijará la fecha del referéndum en el momento oportuno.»**
Felipe González, PSOE, 03/12/83.

116. **«La pregunta del referéndum será clara, para que no haya líos, que ningún ciudadano desconozca sobre lo que se está pronunciando.»**
Felipe González, PSOE, 22/06/84.

117. **«La pregunta del referéndum será clara: ¿Desea que España salga de la OTAN?»**

Felipe González, PSOE, 03/12/84, ignorant quin va ser el redactat final de la pregunta: «El Govern considera convenient per als interessos nacionals que Espanya romangui a l'Aliança Atlàntica i acorda que aquesta permanència s'estableixi en els següents termes:

»1) La participació d'Espanya en l'Aliança Atlàntica no inclourà la seva incorporació a l'estructura militar integrada.

»2) Es mantindrà la prohibició d'instal·lar, emmagatzemar o introduir armes nuclears al territori espanyol.

»3) Es procedirà a la reducció progressiva de la presència militar dels Estats Units a Espanya.

»Considera convenient per a Espanya romandre a l'Aliança Atlàntica, en els termes acordats pel Govern de la Nació?»

118. **«Nadie se podría explicar, porque es inexplicable, que España quisiera salir de la Alianza y permanecer en la CEE.»**
Felipe González, PSOE, 30/12/85.

119. **«La ruptura con la Alianza Atlántica sería traumática, de consecuencias imprevisibles.»**
Felipe González, PSOE, 05/02/86, consumant el seu canvi, dies abans d'un referèndum, que acabaria guanyant el «sí» per un 52,53 % dels vots, enfront del 39,84 % del «no».

6. SÓN DE LA BROMA

*«El cedro, aunque reciba este nombre,
es un árbol muy limpio.»*

JAUME PERICH

Era una paraula desconeguda. La gent no la utilitzava i, si ho feia, se la devia reservar per a cercles reduïts, no gaire amplis. Amb l'arribada de la democràcia, en canvi, alguns polítics van començar a demostrar una gran habilitat a l'hora de conjugar, amb una freqüència variable però constant, el verb «crispar»: jo crispo, tu crispes, ell crispa, nosaltres crispem, vosaltres crispeu i ells crispen. Tant és així que, 20 anys després, la crispació ja es confon amb l'estat natural de la política d'aquest país.

Precisament quan més irrespirable es fa l'ambient, com més asfixiant es torna aquesta atmosfera de crispació, més s'agraeix qualsevol gest en sentit contrari, per petit que sigui. Entre ells destaquen, per mèrits propis, tots aquells polítics que, en un esforç més que lloable, han intentat arrancar un somriure als ciutadans que els escoltaven. Certament, només els ha faltat una cosa: aconseguir-ho.

120. **«No tires tu voto al Barranco, no le pidas peras al Manzano. Aunque no le ames, vota al Tamames.»**
Ramón Tamames, IU, 31/05/87, aixecant el nivell de la campanya municipal a Madrid.

121. **«Abril, aunque se apellide así, no llegará a ministro al mes de abril.»**
Carmen García Bloise, PSOE, 10/02/79.

122. **«Pobre don Marcelino, hace una política exterior que, más que de oreja, parece de oído.»**
Felipe González, PSOE, febrer de 1979.

123. **«Estem contra Trias i contra Fraga, perquè qui tria Trias *traga* Fraga.»**
Antoni Gutiérrez Díaz, PSUC, 05/05/83.

124. **«Los únicos contactos que ha tenido Suárez con Roca han sido en el lavabo.»**
José Ramón Caso, CDS, 1986.

125. **«Ya no es Miquel ni Miguel; ya es sólo Roca, como los sanitarios.»**
Alfonso Guerra, PSOE, 1986.

126. **«Javier Arenas no hace honor a su apellido; más bien, en estos momentos, está lleno de cal.»**
Carlos Sanjuán, PSOE, 18/05/95.

127. **«Si a Nadal se le quita la "l", se queda en Nada, que es lo que es.»**
Luis Ramallo, PP, 12/11/95.

128. **«Botín ha prometido su apoyo a Aznar porque espera, sin duda, que el futuro incida en la posibilidad de alcanzar más de su apellido.»**
Julio Anguita, IU, 27/01/96, denunciant connexions entre el candidat popular i el president del Banc de Santander.

129. **«Quan governi el PP, l'Estat no serà aquesta cotilla asfixiant que administren pel seu benefici Felipe Divergència i Jordi PSC.»**
Aleix Vidal Quadras, PP, 27/02/96.

130. **«El PSOE se ha convertido en el partido de Julio Iglesias en vez del partido de Pablo Iglesias.»**
Ramón Tamames, IU, 08/06/87, certificant un part múltiple, el de la «beautiful people».

131. **«Cullell no té problemes d'aluminosi, té problemes d'*iluminosi*, perquè creu que pot arreglar tots els problemes de la ciutat de cop.»**
Enric Lacalle, PP, 10/05/91.

132. **«Alianza Popular es el partido del proletariado, puesto que es el que más defiende a la prole, a la familia.»**
Ramon Vergé, AP, 09/10/82.

133. **«Algunos políticos que respaldan la moción se drogan con *abeceína*, una droga que ataca muy directamente el cerebro.»**
Joaquín Leguina, PSOE, 21/06/89, denunciant possibles connexions periodístiques dels grups que havien presentat una moció de censura per fer-lo fora de la presidència de la Comunitat de Madrid.

134. **«Ni de la fundación Ebert, ni del Consorcio Flick, ni del Partido Socialdemócrata Alemán, he recibido ni un marco, ni un duro, ni una peseta y no me verá obligado a rectificar. (...) He sido claro: ni de Flick ni de Flock.»**
Felipe González, PSOE, 06/11/84, negant al Congrés les acusacions de finançament irregular del seu partit.

7. POLÍTICAMENT INCORRECTE

(Dedicat a l'autor de *Contes políticament correctes*, James Finn Garner, i als seus traductors al català, Quim Monzó i Maria Roura)

«Siempre es preferible una mujer fea a una muñeca hinchable, porque a la mujer se la puede mandar a hacer recados.»

CAMILO JOSÉ CELA

Vet aquí una vegada que, en un estat plurinacional no gaire llunyà, hi havia una colla de persones masculines i femenines que havien decidit consagrar la seva actuació no privada al servei dels/les seus/seves conciutadans/conciutadanes. Així vivien, feliços i felices, realitzats i realitzades de poder contribuir de forma filantròpica al bé comú, totalment aliens i alienes a la nova moda que s'estenia per nacionalitats i regions: ara tocava ser políticament correctes, socialment tolerants, moralment rectes, sense prejudicis sexistes ni racistes, ni discriminacions de cap tipus.

Anys i anys de dictadura havien condicionat el discurs de tots ells i de totes elles de forma no pas petita. Per això, ningú gosava posar en dubte la superioritat de les persones masculines, de raça blanca, orientació heterosexual i plena funcionalitat en tots els seus membres. Algú (o alguna) va decidir que això s'havia d'acabar. I l'única manera de fer-ho era passant a l'atac i visitant, una per una, totes les persones que, independentment del seu sexe, insistien a transmetre aquesta visió deformadora i gens igualitària de la realitat.

Una de les persones que més s'havia aplicat a aquesta tasca destacava per posseir un volum estomacal superior a la mitjana habitual, sense que això signifiqui cap prejudici esteticista ni cap judici de valor precipitat. Aquesta persona, de sexe masculí, també era coneguda, en ambients políticament correctes, per la seva tendència més aviat escassa a la vocalització clara de les paraules. (O sigui, que no se li entenia res.)

Un bon dia, aquesta persona diguem-ne que diferent a la resta —que quedi clar que ni millor ni pitjor— va ensopegar amb una ampolla, que deuria havia estat llançada per persones, bé siguin masculines o femenines, no excessivament harmonioses amb el medi ambient. De l'interior de l'ampolla, en va sortir una persona de sexe indeterminat —per qualificar-lo d'alguna manera no antropocèntrica— de dimensions extraordinàriament més sintètiques que les seves. En canvi, parlava molt més clarament.

—Bon dia, senyor Fraga Iribarne —va dir-li el geni.

L'afectat va remugar unes paraules, que el geni no va encertar a entendre. Això no es pot dir que sorprengués als animalons que s'ho miraven, o almenys no ho van manifestar de forma externa, amb cap reacció que els/les humans/humanes sapiguem interpretar com de sorpresa. Sigui com sigui, Fraga va endevinar que era la primera víctima de la campanya per a una més gran correcció política en el llenguatge. Per si en quedava algun dubte, va veure com el geni, en una mesura més contra el malbaratament dels recursos energètics del planeta, treia de l'ampolla un paper reciclat. Al paper, hi havia algunes frases que el mateix Fraga havia dit públicament.

—Si em permet —va dir Fraga—. Tinc massa feina com per perdre el temps aquí amb vostè.

—Ni vostè ni jo no el perdem, el temps. Estem treballant per un món millor, més respectuós i solidari. Un món on, sigui quina sigui la tendència sexual de cada persona, ningú no en presumeixi, sap?

135. **«He sido acusado de todo menos de marica.»**

Manuel Fraga, AP, 23/04/83.

Un món, senyor Fraga, on no es ridiculitzin les persones poc aptes per a l'emissió i/o recepció de sons, en l'activitat de la comunicació.

136. **«Votar UCD es engordar una mayoría de sordomudos.»**

Manuel Fraga, AP, 18/02/79.

137. **«Hasta los sordos saben que habrá elecciones el 19 de octubre.»**
Manuel Fraga, PP, 22/05/97, reiterant el dia dels comicis gallecs.

Un món on s'acabin les metàfores coloristes, que associen els defectes a les tonalitats diguemne que fosques, pròpies només d'algunes de les races que poblen el planeta, i les virtuts, a les tonalitats més aviat clares, pròpies, curiosament, de la seva raça.

138. **«España parece una merienda de negros en un túnel.»**
Manuel Fraga, PP, 21/05/94, referint-se al clima de confusió que vivia l'Estat.

Un món, en definitiva, on s'acceptin els efectes positius que la multiculturalitat ha tingut al llarg de la història.

139. **«Si los socialistas ganan las elecciones, esto parecerá la invasión musulmana.»**
Manuel Fraga, AP, 09/10/82, desconeixent que la reconquesta moderna li costaria 14 anys al seu partit i que ell hauria d'abandonar la batalla abans de guanyar-la.

I un món, on tots siguem més culturalment comprensius amb els/les nostres veïns/veïnes.

140. **«Aquí no va a pasar como en Francia. Los gallegos son más inteligentes.»**
Manuel Fraga, PP, 03/06/97, negant que a Galícia pogués haver-hi una victòria de l'esquerra, com la de Lionel Jospin a França.

Fraga va admetre la paternitat/maternitat de totes aquestes frases, sense buscar cap tipus d'excuses que, de ben segur, hauria trobat en factors diversos que el van influir, de forma gens menyspreable, en la seva etapa de persona preadulta, diguem-ne. Només va dir una frase.

—No sóc l'únic. Ni l'única —va afegir, com donant entendre que començava a aplicar la voluntat no sexista del geni.

Durant uns segons, el geni va tancar els ulls i va arrufar el nas, en una ganyota que, si ens guiéssim per criteris purament estètics (cosa que no hem de fer mai), era digna de ser censurada. Quan els va tornar a obrir, va veure com, al costat de Fraga, havia fet aparèixer una altra persona masculina. Era Juan Hormaechea, exalcalde de Santander i expresident de la Junta de Cantàbria. El geni li va explicar les seves solidàries intencions, però no va ser a temps de treure de l'ampolla (feta amb materials totalment biodegradables), el paper (reciclat) amb el seu historial políticament incorrecte. Hormaechea se'l sabia de memòria, aquest historial, i l'anava repetint en veu alta, provocant el rebombori lògic entre tots els animalons del bosc (i alguna animalona, també).

Sexista com era, Hormaechea va començar proclamant públicament la seva predilecció per les persones femenines.

141. **«Me encantan los animales y si son hembras y con dos patas, mejor.»**
Juan Hormaechea, alcalde de Santander, 1983.

Després va mostrar el seu menyspreu per les persones que, a nivell intel·lectual, diríem que potser no estan especialment dotades, si tenim en compte la mitjana estàndard de la població.

142. **«Blanco es un disminuido psíquico que explica jaimitadas.»**
Juan Hormaechea, en una peculiar definició de Jaime Blanco, líder socialista de Cantàbria.

I per si tot això fos poc (que no ho és), va començar a actuar com el que és: un discriminador conscient en matèria de raça.

143. **«Se tienen que mandar machos ibéricos para que se corte esa marea de sangre índia en México.»**
Juan Hormaechea, president de Cantàbria per AP, 10/01/88.

144. **«El PP está muy crecido, pero no por mérito propio, pues no lo tiene dar lanzadas contra el moro muerto, que ahora es el PSOE.»**
Juan Hormaechea, expresident de Cantàbria, 21/05/95.

El geni va decidir que havia arribat el moment de posar en pràctica la igualtat que tant pregonava. Ara havia de fer aparèixer una persona que reunís dues condicions: primera, que fos de sexe femení, i segona, que fos de *regionalitat* catalana, perquè ningú pogués pensar que es discriminava positivament aquell territori, autònom només relativament. Per això, va tornar a fer la seva ganyota característica: ulls tancats i nas arrufat. Al costat de Fraga i Hormaechea, ara s'hi passejava tranquil·lament Marta Ferrusola, a qui sempre presentaven (de forma censurablement patriarcal) com a esposa del president de la Generalitat de Catalunya, una persona masculina que havia sabut concentrar el seu cos en menys espai, a nivell d'alçada, que la majoria dels seus conciutadans i conciutadanes.

Ferrusola va atendre sol·lícitament les peticions igualitàries del geni i li va demanar disculpes per avançat. Això no li va impedir, però, haver d'escoltar alguna de les frases que el geni havia anat recopilant amb els anys.

145. **«No sé si l'homosexualitat és una tara, un defecte, un vici o una mica tot plegat.»**
Marta Ferrusola, CiU, l'1 de maig del 1984 a l'«Àngel Casas Show», en una frase que li va servir perquè els col·lectius de gais i lesbianes de Catalunya li regalessin el llibre L'homosexualitat, avui, *editat per la mateixa Generalitat.*

146. **«El més important per a una dona és tenir content el seu marit.»**
Marta Ferrusola, CiU, 14/03/86, el mateix dia que es va felicitar perquè estiguessin en decadència «les idees feministes que pretenen que la dona abandoni el seu paper a la família i a la llar» i pocs dies abans que aparegués, a la façana de la seva floristeria, una inscripció de color lila: «Marta, calla.»

El geni creia que Fraga, Hormaechea i Ferrusola es mereixien un tractament especial. A partir d'ara, ja podia fer aparèixer de cop totes les altres persones humanes de les quals havia recollit informació comprometedora.

147. **«Si durant els Jocs Olímpics ens dediquem a cobrar abusivament als visitants, donarem la imatge d'un país molt car i una mica gitano.»**
Jordi Pujol, CiU, 23/01/92, en unes declaracions que va rectificar l'endemà: «Aquestes expressions estan molt arrela-

des en el llenguatge popular, però s'han d'anar desterrant. Jo no les faig servir mai, però se't pot escapar.»

148. **«Prefiero un negro negro que hable euskera a un blanco que lo ignore.»**
Xabier Arzalluz, PNB, 16/10/94.

149. **«Les pràctiques homosexuals s'aparten del normal i poden afectar el desenvolupament dels nens.»**
Jorge Fernández Díaz, AP, 10/05/88, després d'una reunió amb membres del col·lectiu «Vota Rosa al Parlament.»

150. **«Son todos unos afeminados de derechas.»**
Alfonso Guerra, PSOE, setembre del 1983, dirigint-se als seus adversaris polítics. A les Corts republicanes, hi ha el precedent d'una acusació semblant. Indalecio Prieto li va dir a José María Gil Robles: «¿Qué se puede esperar de su señoría si lleva calzoncillos de seda?», llavors senyal d'identitat dels efeminats. La resposta de Gil Robles va ser: «¡Qué indiscreta es su señora!»

151. **«En Extremadura, desde hace tres años, no gobiernan los subnormales, sino la inteligencia que quita la tierra para dársela al auténtico propietario, el pueblo extremeño trabajador.»**
Juan Carlos Rodríguez Ibarra, PSOE, juny del 1986, quan es complien, curiosament, tres anys de la seva arribada al poder.

152. **«Pacheco pasa tantas horas en las peluquerías de señoras, que no se le ocurren más que chorradas.»**
Alfonso Guerra, PSOE, 23/10/89.

153. **«¿La cualidad que prefiero en un hombre? La responsabilidad. ¿La cualidad que prefiero en una mujer? Que sea mujer.»**
José María Aznar, PP, maig del 1996.

154. **«La Constitución ha cumplido 18 años, la edad en la que las mujeres se ponen de largo y los ciudadanos acuden a votar.»**
Miguel Angel Rodríguez, PP, 05/12/96.

155. **«Las metáforas en relación con la exaltación de la mujer como síntesis de virtudes tienen 25 siglos de existencia.»**
Francisco Álvarez Cascos, PP, 18/12/96, intentant sense gaire èxit arreglar la polèmica creada per la frase anterior de Miguel Ángel Rodríguez.

A pesar de l'arribada d'aquests nous convidats, Hormaechea continuava recitant la seva prosa florida. Dels altres, ningú gosava obrir la boca. Estaven un/una al costat de l'altre/altra, sense ni mirar-se. Només esperaven quina seria la reacció del geni. Fins que van veure com el geni els observava a tots, com obria els ulls ben oberts, com es tocava les dues orelles i com desapareixia sense deixar ni rastre de la seva presència. El que encara no havien vist és que, abans de marxar, el geni els/les havia convertit en tot allò que ells/elles s'havien permès menysprear durant aquests 20 anys i que ara no tornarem a reproduir aquí perquè seria... políticament incorrecte.

8. CADÀVERS POLÍTICS

«A la vida, hi ha coses pitjors que la mort. Heu passat mai una nit amb un agent d'assegurances?»

WOODY ALLEN

Malaltia de Parkinson. Cardiopatia isquèmica amb infart agut de miocardi anterosepial i de cara diafragmàtica. Úlceres digestives agudes recidivants, amb hemorràgies massives reiterades. Peritonitis bacteriana. Fracàs renal agut. Tromboflebitis íleofemoral esquerra. Broncopneumònia bilateral aspirativa. Xoc endotòxic. I, finalment, aturada cardíaca.

Tot això va fer falta perquè Franco morís al llit. Eren quarts de sis del matí del 20 de novembre de 1975, quan l'agència Europa Press emetia un comunicat tímid: «No oficial. El Jefe del Estado dejó de existir.» Hores més tard, Carlos Arias Navarro, amb els ulls vermells i unes orelles que, aquell dia, semblaven més alerta que mai, certificava la defunció. «Españoles, Franco ha muerto.» Televisió Espanyola va haver de canviar la pel·lícula programada per a aquella nit: *Satán nunca duerme*. Després van venir hores i hores de música militar i de gent desfilant per la capella ardent, quatre dies sense anar a classe. Fins que el diumenge 23, a un quart i cinc de tres de la tarda, una llosa de 1.500 quilos enterrava 40 anys d'història d'Espanya.

Franco havia superat situacions molt complicades. Però d'aquesta semblava impossible que se'n sortís. Primera, pel seu propi estat, i segona, pel pes de la pedra que tenia a sobre, certament elevat per a una persona de 83 anys. Per això, algú va decidir que ja era hora que arribés la democràcia. I que, amb la democràcia, s'havia d'acabar això de deixar morir els polítics al llit. Per què fer-los patir tant, si les coses es poden evitar a temps?

I així va ser que alguns polítics van fer, de la mort, bandera, i van entrar en una escalada dialèctica d'amenaces, assassinats, suïcidis i resurreccions, que ha donat un altre aire a l'art de governar la cosa pública d'aquest país. Alguns diran que millor. Altres que pitjor. Diferent.

AMENACES DE MORT

156. **«Si ganásemos las elecciones, meteríamos en un barco a los capitostes del capitalismo. No los mataríamos, pero en alta mar barrenaríamos la panza del barco, sin derramamiento de sangre.»**

Alfonso Guerra, PSOE, juny de 1977, anunciant un canvi d'estil en la manera de fer política a Espanya.

157. **«Veurem Pujol incinerant-se com una vídua índia al costat del cadàver de González.»**
Aleix Vidal Quadras, PP, 08/06/94.

158. **«Los socialistas van de cabeza al precipicio y el tonto o la tonta que se coja de su brazo irá también al precipicio.»**
Luis Carlos Rejón, IU, 24/05/95.

INDUCCIÓ A L'ASSASSINAT

159. **«Para continuar siendo una nación unida, España se ve necesitada de muchos cadáveres y cuanto más putrefactos, mejor.»**
Blas Piñar, FN, 09/03/80, marcant el camí.

160. **«Un Gobierno debe preferir tener sangre en sus manos y no agua como Pilatos, cuando caen inocentes.»**
Manuel Fraga, AP, 01/12/82, en una demostració que no sempre les propostes de l'oposició no són tingudes en compte.

161. **«Vamos a enterrar al señor feudal que regenta esta región en la tumba política, para que no levante más la cabeza.»**
Ramón Rubial, president del PSOE, 25/11/90, en el seu discurs al Congrés del partit a les Illes Balears.

CERTIFICATS DE DEFUNCIÓ

162. **«González es un cadáver político; ya está muerto y enterrado en formol.»**

Gabino de Lorenzo, alcalde d'Oviedo pel PP, 13/05/95.

163. **«El PSOE, más que un partido, es un cortejo fúnebre.»**

José María Aznar, PP, 13/01/96.

164. **«Guerra es un cadáver sin enterrar.»**

Francisco Álvarez Cascos, PP, 06/11/90, veient que el vicepresident del Govern continuava «de cos present» a la política.

ASSASSINS EN SÈRIE

165. **«Los socialistas, como no son capaces de crear los puestos de trabajo que ofrecieron, van a matar niños para que no lleguen a pedírselos.»**

Manuel Fraga, AP, 24/04/83, intentant explicar-se per què els socialistes estaven a favor de la Llei de l'Avortament.

166. **«A Solchaga le pasa lo que a Saddam Hussein, porque a ninguno de los dos le importa el número de muertos que deja tras de sí en el camino, cuando cae una industria o hace sus fríos números.»**

Xabier Arzalluz, PNB, 05/05/91.

SUÏCIDIS MASSIUS

167. **«Anguita parece un Davidiano que se encierra con sus fieles y les prende fuego.»**

Juan Carlos Rodríguez Ibarra, PSOE, 24/05/93, en referència al nom dels membres de la secta que van morir a Waco, als Estats Units.

RESURRECCIONS

168. **«Los socialistas han sacado a Guerra del baúl de los esqueletos.»**

Manuel Fraga, PP, 15/05/95, després d'una intervenció de l'exvicepresident en la campanya electoral.

EPIDÈMIES MORTALS

169. **«No es necesario elegir entre el cólera o el PSOE y la peste o PP, cuando existen grandes alternativas como IU.»**

Agustín Moreno, CCOO, 08/06/94.

170. **«Yo no sé lo que pasa en La Moncloa. Allí debe haber un virus como el del sida, pero en política.»**

Luis Ramallo, PP, 07/08/89.

CAMPANADES A MORT

171. **«Los socialistas llegaron con el himno a la alegría y se irán con la marcha fúnebre.»**

Jorge Verstrynge, AP, 07/06/86.

FUNERALS

172. **«La relación Fraga-Roca es una ceremonia fúnebre en la que no se sabe quién es el enterrador y quién es el muerto, por lo que al final se puede producir un entierro doble.»**

Alfonso Guerra, PSOE, 03/06/86.

9. MOMENTS D'EUFÒRIA

«Durant anys, els polítics han promès la Lluna.
Ara jo sóc el primer capaç d'entregar-la.»

RICHARD NIXON

No s'ho pot ni creure. És a dalt de l'escenari i, a davant seu, té milers i milers de persones absolutament enfervorides. No es cansaria de mirar com onegen banderes, com criden consignes i, sobretot, com l'aclamen a ell. Aviat es farà el silenci i haurà de començar a parlar. Aixeca el braç, fa el gest de la victòria amb els dits de la mà dreta i somriu entusiàsticament cap als flaixos que es disparen. Ara mateix li tremolen les cames només de pensar que tota aquella gent ha fet quilòmetres i quilòmetres per veure'l a ell i, sobretot, per sentir-lo.

Ara menys que mai es creu el que la seva dona li diu cada dos per tres. «No t'has de posar nerviós. D'aquests que veus aquí, no n'hi ha ni un que hi sigui per tu. Tots vénen perquè cobren. Tots! Del primer a l'últim. Els paguen el viatge, el dinar, el ball i, després, encara els porten a veure una revista.» Però ell sap que això és impossible, que la política continua desfermant passions inconfessables. La seva dona ho deu dir per calmar-lo.

I mentre milers de goles entonen l'himne del seu partit, el candidat se sent més en deute que mai amb tots ells. És aleshores quan, impulsat per aquest moment d'eufòria que està vivint, i mirant que coincideixi amb la connexió en directe amb el *Telenotícies,* deixa anar una frase grandiloqüent. Com tants i tants altres col·legues seus han fet abans. Perquè, al capdavall, els polítics també són humans. Fins i tot, Julio Anguita.

173. **«Debería dimitir hasta el jardinero de la Moncloa.»**
Julio Anguita, IU, 07/03/95, estenent fins a límits insospitats les responsabilitats de la corrupció.

174. **«En la huelga deberían parar hasta los relojes.»**
Julio Anguita, IU, 05/12/95, concretant la definició de «vaga general».

ELOGIS DESMESURATS

175. **«Si el PSOE gana las elecciones, a España no la va a reconocer ni la madre que la parió.»**
Alfonso Guerra, PSOE, 01/06/86, fent frases per a la història.

176. **«España nunca ha estado mejor en los últimos cuatro siglos.»**
Alfonso Guerra, PSOE, 1987.

177. **«Tenemos un programa económico, que no lo ha habido aquí desde que se pintaron las cuevas de Altamira.»**
Julio Anguita, IU, 14/10/89.

178. **«Para mí no es nuevo hablar en catalán. Lo hablo porque lo entiendo, lo hablo porque me gusta y lo hablo porque quiero.»**
José María Aznar, PP, 04/06/94, en un míting a Barcelona, que va ser el precedent clar del famós «catalán en círculos reducidos» que va dir a TV3 després que el resultat de les eleccions generals del 1996 el forcés a pactar amb Convergència i Unió.

CRÍTIQUES GENEROSES

179. **«Belloch es el ministro más torpe e inútil de la historia moderna de la democracia.»**
Antonio Romero, IU, 17/02/96.

180. **«Soy el político con más experiencia. Los demás candidatos, a mi lado, son todos unos pigmeos.»**
Manuel Fraga, AP, 15/06/86.

AUTODEFENSES A ULTRANÇA

181. **«Los casos de corrupción que se han dado en el PSOE se pueden contar con los dedos de una mano.»**

Eligio Hernández, PSOE, 23/05/95, obrint nous interrogants sobre les dimensions de la mà humana.

AIXECANT ESPERANCES POC FUNDADES

182. **«Anem a Madrid de forma transitòria; després només hi deixarem una ambaixada.»**

Pilar Rahola, ERC, 29/05/93.

PROMETENT SACRIFICIS QUE TAMPOC CALEN

183. **«El día que haya un comunista gobernando en España, yo estaría, con mucho gusto, en un campo de concentración.»**

Manuel Fraga, AP, 08/10/82, sense aclarir quin seria el seu uniforme a dins el camp: la bata de ratlles o la gorra de plat?

MOSTRANT EUFÒRIES MOLT PARTICULARS

184. **«Voto tonto igual a voto de AP.»**

Landelino Lavilla, UCD, 15/10/82, mantenint-se fidel al seu lema: «Landelino responde.» Respondre, responia; una altra cosa és que ho fes amb més o menys gràcia.

185. **«El eucaliptus es un arbol de derechas porque sólo produce beneficios al empresario. Es genocida porque afecta a la flora y a la fauna. Es anticristiano, porque va en contra de lo**

que debe ser el idílico paraíso terrenal y es, además, un vampiro vegetal, analfabeto e imperialista.»

Carlos Navarrete, PSOE, acusant el ministre d'Agricultura d'UCD, Jaime Lamo de Espinosa, de fer una repoblació indiscriminada d'eucaliptus i provocant la mateixa pregunta a tots els diputats presents al Congrés: què li han posat al cafè?

10. FANTASMES DEL PASSAT

«La historia hará justicia alguna vez a Franco, porque algún pantano hizo.»

RAPHAEL

El 18 de juliol. La camisa blava. La mà enlaire. El jou i les fletxes. Les muntanyes nevades. El cara al sol. Les gorres de plat. Les medalles al pit. La bata de ratlles. El Sant Crist a la paret. I els altres dos, també a la paret.

186. **«Con Franco se vivía mejor. Con él sabías a qué atenerte. Esto es una democracia de pacotilla.»**
Jesús Gil, 05/06/91, en una forma peculiar d'agrair als ciutadans de Marbella que l'acabessin d'elegir alcalde democràticament.

Les adhesions incondicionals. La impassibilitat de l'*ademán*. La Croada. La Victòria. L'Alliberament. El Movimiento nacional. La Falange. El sindicat vertical. El SEU. La Formación del Espíritu Nacional. La Pàtria. L'Imperi. La rica multiplicitat de les seves regions. La reserva espiritual d'Occident. La unitat de destí en l'universal. El Tot per la Pàtria. L'Una, Grande y Libre. Els Caiguts per Déu i per Espanya. La conspiració judeomasònica. El perill comunista. El contuberni. La subversió. Les *algaradas* estudiantils. I els enemics d'Espanya.

187. **«Era una persona que se ocupaba de los más débiles y eso nadie se lo podrá negar a Franco. Otra cosa es que hubiese o no hubiese libertades, que fue una época que yo no viví.»**

Mercedes de la Merced, PP, 27/05/94, en un subtil exercici de memòria selectiva.

El rosari. L'angelus. Els dies de guardar. El mes de Maria. Els *hermanus*. Les *hermanes*. La Providència. L'Opus Dei. El Caudillo por la Gracia de Dios. Les entrades *bajo palio*. El Generalíssim per Terra, Mar i Aire. Els anys de pau. Els plans quinquennals. Els tecnòcrates. La democràcia orgànica. Els procuradors en Corts. El Consell del Regne. El banyador de Fraga Iribarne. Les celles de Carrero Blanco. Les orelles d'Arias Navarro. La veu de Matias Prats. El braç (incorrupte) de Santa Teresa. I la mà (tremolosa) de Franco Bahamonde.

188. **«Franco fue un estadista prudente y excepcional.»**
Torcuato Luca de Tena, AP, 24/05/77.

El No-Do. Els pantans. Els missatges de Nadal. La pesca del salmó. La caça del cérvol. El gol de Zarra. El de Marcelino. La mort de Manolete. La senyora Francis. En Roberto Alcázar. L'altre Alcázar, el de Toledo. El Pardo. La Plaça d'Orient. El Valle de los Caídos. El Pazo de Meirás. L'*Azor*. I la clínica La Paz. L'equip mèdic habitual. L'últim *parte*. El 20-N.

189. **«El pueblo de Barcelona puede salir los fines de semana gracias a las autopistas que hicimos.»**
Federico Silva Muñoz, AP, 13/06/77.

Del 18 de juliol al 20 de novembre, hi va haver temps per tot. Per la gana. Per la por. Per la repressió. Per la censura. Per la tortura. Per la dictadura. I per la mort. Per això, els fantasmes del passat encara són aquí. S'amaguen a darrera nostre. Ens persegueixen amb la seva ombra. Esperen que algú, malèficament, els invoqui. Tots tenim un passat. Especialment, alguns.

190. **«Tarradellas és més legítim que Suárez, que prové d'una victòria militar amb ajut de forces estrangeres.»**
Heribert Barrera, ERC, 30/05/77.

191. **«Pío Cabanillas habrá adquirido la sensibilidad firmando penas de muerte para jóvenes que luchaban contra la dictadura.»**
Alfonso Guerra, PSOE, 16/02/79, valorant la idoneïtat de Cabanillas com a ministre de Cultura.

192. **«Ellos sí que tienen experiencia de gobierno; ellos llevan 40 años porque, en definitiva, son los mismos perros con distintos collares.»**
Felipe González, PSOE, 27/02/79.

193. **«Suárez es un perfecto inculto procedente de las cloacas del franquismo.»**
Alfonso Guerra, PSOE, 1980.

194. **«A molts d'aquests personatges d'UCD se'ls veu la camisa blava, fins i tot a les filmacions en blanc-i-negre del No-Do.»**
Antoni de Senillosa, Coalició Democràtica, 21/05/80.

195. **«De los que están mandando en UCD más de uno fueron con camisa azul y veneraron**

a la gente de Falange, que mató a mucha gente. ¿Qué derecho tienen éstos a reprochar nada a ETA?»
Xabier Arzalluz, PNB.

196. **«Suárez es un golfo. Cuando él era responsable de determinadas cosas con la camisa azul, yo ya corría delante de la Policía.»**
Javier de Paz, PSOE, 10/06/86.

ALIANÇA POPULAR-PARTIT POPULAR (AP-PP)

197. **«Es gracioso que Fraga diga que está dispuesto a incluir en su gabinete ministros franquistas. Es que, de lo contrario, no podría entrar él.»**
Felipe González, PSOE, 17/10/82.

198. **«Fraga y esos niños suyos neonazis que se pasean por Catalunya representan lo que queda de dictadura.»**
Alfonso Guerra, PSOE, 18/04/84, en un míting a Santa Coloma de Gramenet.

199. **«Los dirigentes de la derecha son los mismos que han vilipendiado, perseguido y encarcelado a muchos de los que hoy estamos en el gobierno.»**
Alfonso Guerra, PSOE, 05/06/87.

200. **«Esa derecha reaccionaria, troglodita, cavernícola, cafre y fantoche representa lo más oscuro de la historia.»**
Alfonso Guerra, PSOE, 07/06/87.

201. **«El PP está integrado por jóvenes joséantonianos trufados con alguna monja alférez.»**
Alfonso Guerra, PSOE, 1990, descobrint un nou valor de la dreta: Loyola de Palacio.

202. **«Si no me calló el otro** (Franco) **no me va a callar éste** (Aznar)**.»**
Alfonso Guerra, PSOE, 23/05/93.

203. **«Grupo de reaccionarios, de fascistas modernos que siguen una estrategia golpista. A por ellos, que son pocos y cobardes.»**
Juan Bonza, PSOE, 21/05/94.

204. **«Señor Álvarez Cascos, ¿defendió usted la democracia igual que su jefe, el señor Aznar, que el día que murió Franco se fue tranquilamente a tomar copas y, como él mismo ha reconocido, no sintió nada?»**
Nicolás Redondo Terreros, PSOE, 22/01/95.

205. **«Me saca de quicio que esta gente, estos neofachas, digan que con Franco vivíamos mejor. Ya sabemos que ellos mangoneaban.»**
Xabier Arzalluz, PNB, 20/05/95.

206. **«La fachenda está en el PP; esos fenómenos no desaparecen así como así.»**
Xabier Arzalluz, PNB, 19/02/96.

207. **«El PP es heredero de la derecha de los generales Primo de Rivera y Franco.»**
Cristina Alberdi, PSOE, 21/02/96.

208. **«Álvarez Cascos canta el *Cara al sol* cuando llega a su casa por la noche.»**
Juan Pedro Hernández Moltó, PSOE, 19/02/96.

209. **«No nos extraña nada en un Gobierno que está presidido por una persona que en 1979 estaba más preocupada en honrar al Generalísimo que en honrar a la Constitución.»**
Álvaro Cuesta, PSOE, 21/05/97, després del nomenament de l'ultraconservador Jesús Cardenal com a fiscal general de l'Estat.

PARTIT SOCIALISTA OBRER ESPANYOL (PSOE)

210. **«Franco era del PSOE. Ahora entiendo eso de *atado y bien atado*.»**

Pedro Pacheco, Partit Andalusista, 14/10/89, molest per no sortir a TVE.

211. **«El franquista és ell, perquè havia sigut *jefe de centuria* del Frente de Juventudes.»**
Miquel Roca, CiU, 02/04/83, tornant a Felipe González les acusacions d'acollir franquistes a la coalició convergent.

212. **«Felipe se comporta como un dictador latinoamericano o como una expresión tardía del franquismo.»**
Antonio Romero, IU, 22/05/94.

213. **«Nosaltres no tenim amos a Madrid que es diguin González, Guerres, Fragues, Verstrynges o Tiernos Galvanes, que farien molt millor a dedicar-se al molt treball que tenen i no fan, enlloc de venir a colonitzar-nos i a continuar i a aprofitar-se de la feina malèfica i destructiva del general Franco.»**
Miquel Coll i Alentorn, CiU, 27/04/83.

CONVERGÈNCIA I UNIÓ (CiU)

214. **«A la candidatura de CiU hi ha molts exfranquistes, que anaven a caçar amb Fraga Iribarne. També hi ha membres de l'Opus Dei i exalcaldes de Franco.»**
Ernest Lluch, PSC, 27/03/80.

215. **«Als expresidents de la Generalitat els deuen cruixir els ossos quan veuen un exprocurador en Corts ocupant el seu lloc.»**
Josep Maria Sala, PSC, juliol del 88, quan el conseller Josep Gomis va ocupar la presidència accidental de la Generalitat per l'absència de Jordi Pujol.

216. **«Gomis és un actor nat, capaç d'adaptar-se als papers del moment; un trapezista que realitza les piruetes més increïbles i un *chaquetero* que va saber canviar el blau del Movimiento per la jaqueta quatribarrada de la Generalitat.(...) Durant més de 25 anys va fer de Satanàs als Pastorets, ofici del qual, a base de practicar, alguna cosa en devia aprendre.»**
Revista La Rosa de Barcelona, *òrgan d'expressió del PSC a Barcelona, en un article sense firma.*

217. **«Pujol utiliza la misma trampa que utilizaba el general Franco, que cuando la ONU u otros organismos internacionales atacaban su régimen, convocaba a los españoles a la plaza de Oriente y les invitaba a defender España porque había sido atacada. Es el mismo método y argumento. No hemos cambiado mucho.»**
Julio Anguita, IU, 11/09/94.

218. **«Todo el mundo sabe que, tanto Pujol como Arzalluz, consideran sus territorios autó-**

nomos como un cortijo de su propiedad, igual que hacía Franco.»
Gregorio Ordóñez, PP, 14/09/94.

219. **«És la dreta més pura i dura, que recorda l'època nazi.»**
Arcadi Segura, PSC a Amposta, 02/05/95, mostrant amb nitidesa el seu desacord amb l'equip de govern de CiU.

11. LES COSES CLARES

«Con todo ello, señores senadores y diputados, puedo afirmar hoy, con legítimo orgullo y satisfacción, que España cuenta con una organización comunitaria democrática en la político, progresivamente afirmada en los valores de justicia en lo social, abierta y libre de sus virtualidades, y la satisfactoria evolución que está registrando su política doméstica permite a mi pueblo encarar con realismo el papel indudablemente importante que le corresponde, por su potencialidad y por su historia, en la esfera internacional.»

JOAN CARLES I, en un discurs del 1977

Tradicionalment, als polítics els hem vist com aquella gent a qui s'ha concedit el do de parlar durant molta estona i no dir res. O almenys, de no dir res que puguem entendre el comú dels mortals. Era un plaer escoltar durant 20 minuts seguits les seves arts oratòries i no haver entès ni una sola paraula. El comentari et sortia sol: «En parla de bé, aquest home» (o aquesta dona, segons quin fos el seu sexe). Però no es pot negar que, per dins, et quedava aquella coseta de dir: «I el dia que els entenguis? Què passarà aquell dia?»

Doncs aquest dia, cada vegada sembla més a prop. Durant aquests 20 anys, són molts els polítics que han fet l'esforç d'emetre missatges clars als ciutadans. La democràcia es renova cada quatre anys a les urnes. Però per tal que aquesta democràcia sigui autèntica, és necessari que els electors coneguin les propostes dels polítics, que sàpiguen quina ideologia s'amaga darrera les seves paraules.

Per això és d'agrair quan entra gent nova a la política, gent que fa un esforç de síntesi i de concreció del seu missatge. Gent que resumeix tot un programa, tot un ideari, tota una manera de fer només en vuit paraules. No és fàcil; al contrari, només està a l'abast de ments, no diré que privilegiades, però sí especials. Molt especials.

220. **«Hago lo que me sale de los cojones.»**
Jesús Gil y Gil, definint la llei testicular que regeix a Marbella.

Però si hi ha un lloc on convé no caure en el dubte i en l'ambigüetat és als òrgans directius dels partits polítics. Els afiliats han de rebre missatges clars dels seus líders, perquè ells també els puguin transmetre clarament a la societat. Una ordre mal entesa o una estratègia mal explicada poden tenir conseqüències funestes. Cal algú que traci amb claredat les línies de l'acció política.

221. **«Als socialistes, els envieu a la merda de dos en dos.»**
Jordi Pujol, CiU, 03/11/92, en una reunió de la federació de Convergència de Barcelona Ciutat, després de les acusacions socialistes a la política d'avals de la Generalitat.

Quan les paraules de Jordi Pujol van sortir publicades, el president de la Generalitat va demanar disculpes: «Els polítics tenim l'obligació de cuidar el llenguatge.» I encara va afegir: «A més, la meva queixa no es dirigia a tots els socialistes, sinó només a alguns; per la qual cosa, la generalització no estava justificada.» El problema és que la rectificació no estava feta amb el mateix llenguatge colorista de la frase inicial. Llavors, les bases convergents es van quedar amb un dubte: qui són aquests «alguns» a qui sí que podem enviar a la merda en parella?

Però aquests no són els únics casos de polítics que, a vegades, han preferit la contundència del missatge a la seva pulcritud moral i lingüística.

222. **«No hay más cojones que estar en la OTAN.»**
José Rodríguez de la Borbolla, PSOE, desembre de 1984, resignant-se a la seva sort.

223. **«Serra ha caigut tan baix en aquesta campanya, que arrossega els collons per terra.»**
Joan Oms, IC-Els Verds, 28/02/96, aprofitant les primeres rimes consonants apreses en edat escolar (qui no ha tingut un Serra a la seva classe?).

224. **«Este chavalillo, Hernández Mancha, ha tenido cojones.»**

Manuela de Madre, PSC, 16/10/89, lloant el polític popular per haver parat els peus a Fraga i demostrant que els elogis dels rivals solen ser mals presagis.

225. **«Manda huevos.»**

Federico Trillo, PP, 17/04/97, durant la votació de la llei de la televisió digital, fent el que se li suposa a un president del Congrés: calmar els ànims i donar exemple a la resta de diputats.

226. **«Al PP le importa una higa Euskadi.»**

Xabier Arzalluz, PNB, 13/05/95.

227. **«Algunos nacionalistas pierden el culo por ser ministros en Madrid. Es lamentable lo de Miguel Roca.»**

Pedro Pacheco, Partit Andalusista, 02/11/92.

228. **«Suárez s'hauria de legitimar posant el cul a l'escó, perquè no hi va mai.»**

Eduardo Martín Toval, PSOE, 12/10/89.

229. **«Las fuerzas de izquierda están hechas una braga.»**

Santiago Carrillo, 19/01/96.

230. **«Tolerar que personas convictas y confesas hayan sido incluidas en la lista de HB es hacerse pipí encima de la Constitución y de todos los españoles.»**
Manuel Fraga, AP, 02/06/86.

231. **«Las declaraciones de Rodríguez Ibarra responden a la carrera impulsada por González para ver quién es el dirigente que mea más lejos.»**
Rafael Hernando, PP, 28/04/97, després que Ibarra denunciés un intent de cop d'Estat de jutges i periodistes.

232. **«Sempre hi ha algun polític que no es renta les dents i que quan obre la boca li fa mala olor.»**
Jordi Pujol, CiU, 31/08/94, referint-se a l'estratègia de crispació de la vida pública que mantenien alguns líders del PP.

233. **«Lo único vomitivo que hay en este país es el lehendakari.»**
José Luis Marcos Merino, PSOE, 23/05/91, després que Ardanza qualifiqués de «repugnante e indigna» una carta del PSOE als immigrants bascos, on els socialistes es presentaven com a única garantia perquè no els discriminessin.

234. **«La LOAPA provoca vòmits, fàstics i pudor.»**
Miquel Roca, CiU, 19/10/82, exterioritzant el seu rebuig a la llei d'harmonització del procés autonòmic.

235. **«No diré que soy hijo de mil leches porque suena mal, pero es lo único que se me ocurre cuando oigo hablar del Día de la Raza.»**
Rafael Alberti, diputat pel PCE a la primera legislatura democràtica.

12. PER LA GRÀCIA DE DÉU

«Sóc ateu, gràcies a Déu.»

LUIS BUÑUEL

Germans, estem aquí reunits en aquesta pàgina per veure com les referències a la nostra Santa Mare Església han bastit la sàvia oratòria dels homes i dones que es dediquen, si se'm permet l'expressió, a la cosa pública. Uns homes i dones, els polítics, que han agafat la paraula de Jesucrist i, amb l'excusa de seguir el seu diví mestratge, han gosat dir autèntiques blasfèmies, que han fet mal a les orelles de tot bon cristià. Això per no parlar de totes les vegades que, prenent el nom de Déu en va, han atemptat contra el primer i més sagrat dels nostres manaments.

És per tot això, germans, que ara demanarem al Senyor que, en la seva immensa misericòrdia, tingui pietat d'aquestes pobres i desvalgudes ànimes: «Perdona'ls, Senyor, perquè no saben el que es fan, ni tan sols saben el que diuen.» Paraula de Déu: Us ho demanem, Senyor.

(*Us podeu posar drets.*)

LECTURA DE LES FRASES QUE HAN DIT AQUESTA COLLA D'HERETGES (i que, posades en aquest punt, ocuparien una mica el lloc del que tradicionalment és la carta als cristians de Corint, perquè mira que en rebien de cartes aquella gent!)

236. **«Sólo la derecha milagrera, de escapulario y cilicio, puede proponer a la gente más de todo con menos ingresos.»**
Josep Borrell, PSC, 17/05/95.

237. **«Xabier Arzalluz ha olvidado los buenos modales que utilizaba cuando arrastraba los faldones por la sacristía.»**
Alfonso Guerra, PSOE, recordant el passat religiós del president del PNB.

238. **«Los conocimientos de Loyola de Palacio sobre el agua se acaban en el agua bendita.»**
Josep Borrell, PSC, 24/02/95.

239. **«Dice Aznar que habla con el de arriba. Es que el de arriba es su principal asesor. Yo creía que ya nadie se atrevía a pronunciar aquella frase que decía aquel otro bajito con bigote: por la Gracia de Dios.»**
Alfonso Guerra, PSOE, 13/05/95.

240. **«Algunos representantes eclesiásticos tendrían que rezar más y hablar menos.»**
Juan Carlos Rodríguez Ibarra, PSOE, 08/09/91, després d'una editorial del «Full Diocesà» de Tarragona, Solsona i Vic, a favor de l'autodeterminació.

241. **«La política de Anguita no la entiende ni Dios.»**
Santiago Carrillo, 12/12/93.

242. **«Si Aznar gana, su política social será como si Herodes pusiera una guardería.»**
José Bono, PSOE, 17/02/96.

243. **«*Salomé* Ribó ha ofert el cap de *Bautista* Espasa a *Herodes* Anguita.»**
Ramon Espasa, IC, desembre del 1995, quan Ribó el va excloure de la candidatura d'Iniciativa a les eleccions generals del 3 de març del 1996.

244. **«Lo que se conoce del PP es una "ofertá maná", de la que hay ejemplos claros en la Biblia: se ofrece que los ciegos vean, que los mudos hablen.»**
Enrique Guerrero, PSOE, 22/05/95, criticant les promeses electorals del Partit Popular.

245. **«Aznar y Anguita se movilizan como si estuvieran en una cruzada.»**
Joaquín Leguina, PSOE, 17/05/95.

246. **«El juez Garzón viene en *olor* de santidad a una formación repleta de pecados originales.»**
Marcelino Camacho, CCOO, 27/05/93, justificant la presència de Garzón a les llistes socialistes.

247. **«Fins i tot Jesucrist Nostre Senyor es va equivocar en un entre 12.»**
Raimon Obiols, PSC, 13/01/96, minimitzant la importància dels casos de corrupció al govern socialista.

EL MISTERI DE LA FE

Però també hem vingut aquí, germans, per destacar que, enmig de tanta heretgia, són molts els valents que decideixen proclamar el misteri de la fe. Homes i dones rectes que, amb generositat i abnegació, entenen la política com un ministeri religiós, com una altra forma de consagrar la seva vida a Déu. Permeteu-me que aquí faci una menció especial per a una persona que s'ha volgut guanyar la gràcia i amistat de Déu Nostre Senyor, amb uns elogis tan apassionats que, fins i tot, a vegades jo m'he arribat a preguntar: vols dir que n'hi ha per tant, Blas?

248. **«Cuando me sienta solo en el Parlamento, pensaré que Dios y yo somos mayoría absoluta.»**
Blas Piñar, FN, 15/03/79, després d'haver tret un sol escó a les eleccions generals i enyorant la majoria absoluta que ell havia conegut durant 40 anys.

249. **«La Providencia nos ha dado un escaño y desde aquí vamos a mover a España, a Europa y al mundo.»**
Blas Piñar, FN, 10/03/79.

250. **«Nosotros tenemos lo que les falta a ellos: Dios y la razón.»**
Blas Piñar, FN, 15/03/80.

251. **«La oposición no es agradable, pero el ascetismo penitencial que supone, fortalece.»**
Blas Piñar, FN, 11/05/77.

252. **«España y los españoles están en peligro, ¿o es que creéis que Santiago Carrillo ha ingresado en las Hermanitas de los Pobres?»**
Blas Piñar, FN, 16/05/77, després que el president Adolfo Suárez hagués legalitzat el Partit Comunista aprofitant la Setmana Santa, una època en què els tancs també fan vacances.

253. **«Si eligen a Blas Piñar se sentará. Pero, como todo lo que hace, según él, es porque Dios**

se lo pide, podríamos asistir a un curioso fenómeno de levitación, para alzarse por encima del resto de los diputados. Es posible que Piñar se quede revoloteando por el hemiciclo.»
Santiago Carrillo, PCE, març del 1979.

254. **«Que no me vuelvan a interrumpir, salvo que me llame el Sumo Pontífice.»**
Manuel Fraga, AP, 22/04/83, després d'atendre una trucada en plena roda de premsa.

255. **«Sólo me retiraré cuando Dios, quitándome la salud, o el Papa, si me lo pide, me obliguen a ello.»**
Manuel Fraga, AP, 03/05/83, fent una profecia que encara avui és vàlida.

256. **«Pocas veces como el día del atentado a Aznar vi tan clara la mano de Dios en la reciente historia de España.»**
Manuel Fraga, PP, 15/05/95.

257. **«La solidaritat no és un valor de l'esquerra, sinó del cristianisme. Al Cèsar el que és del Cèsar, i a Déu el que és de Déu.»**
Manuel Milián, PP, 26/05/93.

258. **«El dia que el PSC va escollir Serra com a candidat, Déu va escoltar les nostres pregàries.»**

Aleix Vidal Quadras, PP, 17/01/96, ignorant que Serra acabaria sent el candidat més votat a les eleccions generals a Catalunya.

259. **«Nadie tolerará que se rompa lo que se ha forjado por el deseo de Dios y de nuestros antepasados durante siglos. La unidad de España seguirá por encima de todo.»**

Agustín Rodríguez Sahagún, UCD, 03/03/80, en un discurs com a ministre de Defensa.

260. **«Serem a l'Ajuntament. Tenia fe, ara tinc esperança, perquè hi haurà caritat.»**

Joan Hortalà, ERC, 04/05/83, invocant unes virtuts teologals que no li van ser suficients per entrar com a regidor a l'Ajuntament de Barcelona.

261. **«Jo, a Catalunya, sempre he sigut un predicador d'esperances.»**

Jordi Pujol, CiU, 18/05/87, a la Comissió d'Autonomies del Senat.

262. **«Sólo Dios es más importante que la bandera. Sin Dios no hay democracia.»**

Fidel Carazo, senador per Sòria a la primera legislatura democràtica.

13. QUI ÉS CATALÀ?

«Es aquí, entre vosotros, en esta comunidad plural y acogedora, donde se acrisola el ser de España.»

JOAN CARLES I,
en un discurs al
Palau de la Generalitat, el 1985

Qui és català? Aquesta és la pregunta. És català qui, senzillament, viu a Catalunya? O hi ha de treballar, també? Si és així, què passa amb els que viuen a Catalunya i treballen a Castelló, per exemple? I amb els aturats? Són catalans aquells que, vivint a Catalunya, no tenen feina i estan apuntats a l'Inem? O és preferible que s'apuntin al Servei Català de Col·locació? I què passa amb aquells altres que, vivint a Catalunya, tenen, a més, la sort de treballar-hi, però només amb un contracte temporal?

Qui és català? Aquesta és la pregunta. És català qui, senzillament, viu i treballa a Catalunya, independentment de les característiques del seu contracte? O també ha de tenir voluntat de ser-ho? Si és així, com s'acredita aquesta voluntat? N'hi ha prou amb una simple declaració a l'arribada a l'aeroport del Prat o és necessari fer professió pública de catalanisme a la balconada de la plaça de Sant Jaume? I si és així, a quina de les dues balconades s'ha de treure el cap? Serveix la de l'Ajuntament o sempre és més aconsellable la de la Generalitat?

Qui és català? Aquesta és la pregunta. És català qui, senzillament, viu i treballa a Catalunya i té voluntat de ser-ho? Aleshores, què passa amb els que viuen a Catalunya, hi treballen, tenen voluntat de ser-ho i, amb la generositat que els caracteritza, fan efectius els seus impostos a Andorra? No estarem davant d'un cas de catalanitat suprema per part d'aquestes persones que contribueixen fiscalment al manteniment de l'únic estat del món on el català és llengua oficial?

Qui és català? L'eterna pregunta.

263. **«Yo vivo y trabajo en Catalunya, y soy andaluz.»**
José Sancha, Partit Socialista d'Andalusia, 19/10/82.

264. **«En Catalunya no hay más que españoles que viven y trabajan en Catalunya. (...) Un español que viene a vivir aquí, viene a una región española y jamás puede ser considerado como inmigrante.»**
Jorge Carreras Llansana, AP, 12/05/77.

265. **«Catalunya no ha sigut mai roja. S'hauria de fer un referèndum per demostrar que Cata-**

lunya és conservadora. Catalunya ara és roja per culpa dels immigrants, els quals no senten a Catalunya i, en canvi, viuen a costa seva.»
Doctor Panisello, UCD, 27/02/79.

266. **«L'home andalús no és un home coherent, és un home anàrquic. És un home destruït. És, generalment, un home poc fet, un home que fa centenars d'anys que passa gana i que viu en un estat d'ignorància i de misèria cultural i espiritual. (...) Si per la força del nombre, arribés a dominar, sense haver superat la seva pròpia perplexitat, destruïria Catalunya i introduïria la seva mentalitat anàrquica i pobríssima, és a dir, la seva falta de mentalitat.»**
Jordi Pujol, en unes paraules escrites quan tenia 25 anys, publicades clandestinament el 1958 i el desembre de 1976 al llibre La immigració, problema i esperança de Catalunya. *S'ha disculpat cada vegada que han sortit a la llum pública, l'última, a principis de 1997, arran de la polèmica per un llibre racista del catedràtic Quintana.*

267. **«El estatuto catalán es una agresión que no deriva de la mala fe, sino que es la respuesta lógica del catalanismo, que se tiene que comer a los emigrantes y les tiene que poner a hablar catalán y a bailar la sardana(...) Qué bonito sería, en cambio, hacer un Estatut donde el espíritu fuera: tú andaluz, sigue siendo andaluz**

aquí, vamos a traer maestros andaluces para que tus hijos oigan hablar tu lenguaje, vamos a defender tu cultura como si fuera la nuestra, porque tú eres otro ciudadano catalán pero sin dejar de ser andaluz.»

Alejandro Rojas Marcos, Partit Andalusista, agost del 1979, proposant un altre tipus d'immersió lingüística.

14. VINT ANYS DE PEL·LÍCULA

«Política i cine és el mateix:
fer creure el que no és cert.»

DUSTIN HOFFMAN

Melodrames, comèdies, tragèdies, farses, *thrillers*, aventures de superherois o històries d'espies. La política espanyola ha viscut, des del 1977, 20 anys de pel·lícula. Mentre la realitat inventava arguments que la ficció mai no hauria pogut imaginar, els polítics demostraven un notable domini de l'escena i una gran amplitud de registres.

Quedaran per a la història interpretacions molt celebrades. Potser hauria estat just, coincidint amb les celebracions dels 20 anys de democràcia, haver premiat el domini que alguns polítics han demostrat del setè art. Aquesta és la crònica, pas a pas, dels Òscars de la política espanyola, una gala imaginària que, dissortadament, mai no es va arribar a celebrar.

00:00 hores

Centenars de persones ja estan instal·lades a fora del Congrés de Diputats de Madrid. Han decidit passar la nit a la intempèrie per poder ser a primera fila, quan a la nit arribin els seus herois.

08:00 h.
Comença la instal·lació de pantalles gegants a l'exterior dels parlaments de les 17 comunitats autònomes. L'objectiu és que, des de qualsevol punt d'Espanya, es pugui seguir l'acte amb comoditat.

15:00 h.
Emissores de ràdio i televisió dediquen informatius especials a la gran gala de la nit. En totes les travesses apareixen els socialistes com a previsibles triomfadors.

17:00 h.
Només falten quatre hores per què comenci l'acte. El desplegament policial a la Carrera de San Jerónimo és impressionant. A les dotacions de Policia Nacional, Guàrdia Civil i Guàrdia Urbana de Madrid, s'hi han sumat efectius dels Mossos d'Esquadra i de l'Ertzaintza, per tal de mostrar el ric mosaic policial de l'Espanya autonòmica. Paral·lelament, l'organització ha contractat una empresa privada de seguretat, per si de cas.

19:00 h.
Creix l'expectació per saber el nom que rebran els guardons. Només hi ha tres possibilitats: que es diguin Òscar, com a Hollywood; Goya, com al cinema espanyol, o que es creï una denominació especial per a aquesta ocasió.

20:30 h.
Comencen a arribar els primers famosos. Baixen de les seves limusines i recorren el centenar de metres que els separen de la porta, a través d'una tradicional catifa vermell. Pel camí, són *metrallats* pels flaixos de les càmares fotogràfiques i pels focus de les televisions. Els del Partit Popular tenen instruccions de ser especialment simpàtics amb els reporters del programa *Caiga quien caiga.*

21:30 h.
L'acte comença amb puntualitat espanyola, mitja hora tard. La gala, dcclarada d'*interés nacional* pel govern, és transmesa en directe per Televisió Espanyola.

21:31 h.
S'esvaeix la primera incògnita. Els premis porten el nom de Victoria Prego, la *cronista oficial* de la democràcia. Veus de l'Acadèmia de Cinematografia Espanyola dubten de la idoneïtat d'aquesta denominació, però algú els recorda que ells,

que van posar als seus premis el nom d'un pintor (Goya), no són, precisament, els més indicats per parlar. L'acte el presenta la mateixa Victoria Prego, tot i que el PP lluita fins a l'últim moment per què ho faci Norma Duval.

21:45 h.
El primer guardó de la nit se'n va cap a terres catalanes. Per Iniciativa per Catalunya, el Victoria Prego a la millor caracterització. El jurat valora l'esforç de canviar la imatge, mantenint les essències.

268. **«Iniciativa per Catalunya s'assembla a Batman. És el PSUC emmascarat.»**
Eduardo Martín Toval, PSOE, 11/10/89.

22:00 h.
Victoria Prego als millors efectes de so. Segon premi de la nit i primer per a un socialista. Se l'emporta Narcís Serra, sense que el timbre de la seva veu o les seves habilitats pianístiques hi tinguin res a veure.

269. **«Serra ha canviat el marxisme de Karl pel de Groucho i ara sembla Harpo, el germà mut del PSOE.»**
Miquel Àngel Planas, AP, 11/06/86.

22:15 h.

Primer premi realment discutit, el Victoria Prego al millor guió adaptat. Se l'endu José María Aznar, per una versió sensiblement menys filantròpica del mite de Robin Hood. Queda finalista el PSOE, tot i haver inspirat la seva acció de govern en grans clàssics de l'humor.

270. **«Aznar es como Robin Hood, pero al revés. Les quita dinero a los pobres para dárselo a los ricos.»**
Juan Carlos Rodríguez Ibarra, PSOE, 13/05/95, després de la proposta de reforma de l'IRPF feta pel PP.

271. **«El discurso del PSOE es como el de Cantinflas.»**
Julio Anguita, IU, 14/10/89.

22:30 h.

Un dels actors més prolífics de la democràcia, Alfonso Guerra, puja a l'escenari. Li toca recollir un premi que s'ha guanyat a pols: el Victoria Prego als millors efectes especials.

272. **«Alfonso Guerra, según manifestó, entiende de cine y por eso creo que su partido lo utiliza para efectos especiales: tumultos verbales, gestos catastróficos y piruetas mentales.»**
Pío Cabanillas, UCD, 16/02/79.

273. **«La derecha me considera una especie de Superman.»**
Alfonso Guerra, PSOE, 1992.

22:45 h.
Durant tots aquests anys, s'ha hagut de produir les seves pròpies pel·lícules. Ara li arriba la recompensa. El jurat decideix atorgar a José María Ruiz Mateos el Victoria Prego al millor vestuari.

274. **«Soy un rambito de la política.»**
José María Ruiz Mateos, 07/06/87.

23:00 h.
S'acosta el moment àlgid de la nit, el premi al millor actor. Però abans, el Congrés dels Diputats aplaudeix, emocionat, el Victoria Prego honorífic per a una veterana de la cinematografia: Pilar Rahola.

275. **«És una actriu més acabada que les maraques del Machín.»**
Joan Miquel Nadal, alcalde de Tarragona per CiU, 16/11/95.

23:15 h.
Dos candidats premiats en altres categories, Narcís Serra i José María Aznar, es queden a les portes del Victoria Prego al millor actor principal.

276. **«Serra seria el millor protagonista per a la pel·lícula *Desaparecido en combate III*.»**
Enric Lacalle, PP, 31/05/93.

277. **«Ése, el del felpudo maldito.»**
Alfonso Guerra, PSOE, 22/02/96, imaginant-se José María Aznar de company de repartiment de Victoria Abril.

23:20 h.
S'ha acabat el suspens. Dos socialistes són nomenats millor actor principal i millor actor secundari per una actuació conjunta, que realment no va passar desapercebuda per a ningú.

278. **«Felipe González actua com Vito Corleone i Josep Borrell, com Frank Nitti, perquè es dediquen a protegir la família.»**
Jorge Fernández Díaz, PP, 19/05/93.

23:30 h.
Abans de donar pas a la música, una Victoria Prego emocionada resumeix aquests 20 anys, amb unes paraules que no són seves.

279. **«Al final de les pel·lícules, tothom es queda allà on es mereix.»**
Ernest Lluch, PSC, 04/06/86.

23:35 h.
La gala es tanca amb unes pinzellades de nostàlgia musical. Primer, el grup Jarcha reuneix tots els assistents al voltant d'una sola veu i tres paraules: *Libertad sin ira*. Després, un ritme lleuger i una simpàtica coreografia converteixen el Congrés en una improvisada pista de ball. És el missatge optimista de Maria Jesús i el seu acordió.

«Pajaritos a bailar/cuando acabas de nacer/tu colita has de mover/para un pajarito ser/este baile has de bailar/y a todo el mundo alegrar.» És la demostració que Espanya va bé.

15. MEMÒRIA HISTÒRICA

«Lo más triste no es que ciertas cosas sucedan;
es que uno sabe que volverán a suceder.»

ANTONIO MUÑOZ MOLINA

Amb el pas del temps, qui recordarà que a Espanya hi va haver un president del govern que es deia Leopoldo Calvo Sotelo? Li passarà el mateix a Calvo Sotelo que a Josep Irla, un home de Sant Feliu de Guíxols que va arribar a president de la Generalitat, entre Companys i Tarradellas, però que la història ha decidit ignorar-lo? Se salvarà Calvo Sotelo de l'oblit i la indiferència de generacions futures, gràcies a que deu ser l'únic president a qui ja li van muntar un cop d'estat abans d'elegir-lo?

I Felipe González? Quan, d'aquí a 150 anys, a algú el comparin amb González, serà un elogi o un insult? S'atrevirà la història a ser tan injusta com per dedicar, pràcticament, el mateix espai a l'episodi surrealista de Luis Roldán que a l'home que va dirigir el govern espanyol durant 14 anys? I què passarà amb José María Aznar? Tindrà espai propi al capítol dedicat als grans bigotis de la història del segle XX o els professors decidiran reservar aquest capítol, de forma monogràfica, a una altra persona? Si és així, se'n parlarà encara, d'Aznar, quan l'home ja hagi arribat a Mart o haurà estat un fenomen tipus Spice Girls, que se'n va anar de la mateixa manera que havia arribat?

I Alfonso Guerra? Li haurà servit d'alguna cosa tanta expressivitat verbal? Figuraran algunes peces de la seva millor oratòria en pròxims volums de cites cèlebres o es perdran per sempre més, com ha passat amb tants i tants altres tresors de la humanitat? I el cas de Julio Anguita? Qui transmetrà, de generació en generació, el conjunt de profecies formulades per Anguita, dogmes que, de tan avançats al seu temps, no van ser entesos ni pels seus propis deixebles, però que, en canvi, poden guiar el món d'aquí a centenars d'anys?

I Pilar Rahola? Què se'n faran, dels vídeos amb totes les seves aparicions a televisió? Hi haurà algun diari que voldrà dignificar la nostra memòria col·lectiva regalant-los els diumenges en forma de col·leccionables? O és que ja no hi haurà ni col·leccionables ni diaris? Què passarà amb Raimon Obiols? Algú instituirà uns guardons que portin el seu nom per als homes i dones que, en el futur, perdin les eleccions amb la mateixa insistència i elegància que ell ho va saber fer, molts anys abans? I, finalment, què passarà amb Jordi Pujol? Permetran els preservadors del seu llegat que la història situï injustament Pujol, l'home que va ser durant tants anys president de Catalunya, a la mateixa «P» de Puigneró, Prenafeta o Pasqual Estevill?

Ara encara som a temps d'evitar la desaparició d'aquest gran patrimoni col·lectiu. L'obra de Pujol, d'Obiols, de Rahola, d'Aznar, d'Anguita, de Calvo Sotelo, de Guerra, de González i de tants altres no es perdrà, tan sols que es compleixi una sola condició: que els joves que estan entrant al món de la política (?) sàpiguen preservar la memòria de tots els que els han precedit, tal com aquests han sabut fer amb altres figures claus de la història mundial.

ÀTILA: Rei dels huns, que dominava un territori vastíssim, i que era conegut pel seu tiranisme i la seva afició sanguinària.

280. **«Atila Fraga ha formado la triple A con el PDP y la UL.»**
Alfonso Guerra, PSOE, 27/04/83.

281. **«És com el cavall d'Àtila, per on trepitja Fraga, tarda molt temps a créixer l'herba de la democràcia.»**
Joaquim Molins, CC-UCD, juny del 1977.

NAPOLEÓ: Emperador francès, autoritari, repressiu i personalista. Pretenia voltar França d'altres estats controlats per ell mateix i governats per parents o amics.

282. **«Pujol se parece a Napoleón, con su imperialismo anacrónico y su ambición de apoderarse de Valencia y las Baleares para crear colonias de esclavos al servicio de Catalunya.»**
Alfonso Guerra, PSOE, 25/03/82.

283. **«No se puede ser Napoleón en el siglo XX y príncipe de Andorra sustituyendo a un obispo.»**
Alfonso Guerra, PSOE, maig del 1986, insistint en la comparació.

MAQUIAVEL: Polític i escriptor florentí, precursor de tots aquells que entenen que, per dedicar-se a la política, s'han de deixar de banda els escrúpols.

284. **«Maquiavelo era un niño de coro comparado con el presidente del PNV.»**
Juan María Bandrés, Euzkadiko Ezkerra, setembre del 1985, després que Xabier Arzalluz l'acusés de no ser nacionalista i de portar els seus fills al Liceu francès.

ROBESPIERRE: Polític i revolucionari jacobí francès. Autoritari, eliminava qualsevol oposició a la seva política amb mètodes contundents, enviant gent a la guillotina. Les circumstàncies del destí van voler que ell també acabés morint a la guillotina.

285. **«Garaikoetxea quiere lavar su pasado franquista y convertirse en el Robespierre vasco.»**
Julen Guimón, president UCD Biscaia, 25/02/80.

LLUÍS XIV: Monarca absolutista francès, conegut com el Rei Sol. Va posar en pràctica formes de govern pròpies de la monarquia de dret diví.
286. **«Suárez, como Luis XIV de Francia, piensa que el Estado es él.»**
Felipe González, PSOE, 18/03/80.

287. **«Felipe González tiene tics de Luis XIV.»**
Antonio Romero, IU, 02/11/94.

CARLES II: Monarca espanyol, oligofrènic com a resultat d'un matrimoni consanguini. De naturalesa raquítica i malaltissa, durant el seu regnat es va viure la fase més aguda de la decadència castellana.
288. **«Soledad Becerril es Carlos II vestido de Mariquita Pérez.»**
Alfonso Guerra, PSOE, 1983.

RAMSÉS II: Faraó de reconeguda poligàmia, que va donar a Egipte un dels períodes de màxima esplendor.
289. **«Com poden dir els socialistes que són el futur, si Felipe González apareix als pòsters com si fos la nòvia de Ramsés II.»**
Aleix Vidal Quadras, PP, 27/05/93.

CRISTÒFOL COLOM: Navegant al servei de la Corona de Castella que, si es confirmés la seva catalanitat, demostraria que la contribució del poble català a la governabilitat i a l'esplendor d'Espanya ja vénen de lluny.

290. **«De muy buena gana los socialistas le darían el carnet del PSOE a Cristóbal Colón, si no se cabreasen los hermanos Pinzón.»**

Rogelio Baón, PP, 14/10/89, després d'un polèmic vídeo electoral del PSOE que feia servir la imatge d'espanyols famosos sense el seu consentiment.

BOKASSA: Estrafolari emperador centreafricà, aficionat al canibalisme.

291. **«Esta democracia es peor que la dictadura de Bokassa, porque si te cortaban la cabeza al menos era más limpio.»**

Jesús Gil y Gil, 13/07/92.

16. VOCACIONS PRECOCES

«La política se suposa que és la segona professió més antiga. Amb el temps, he arribat a la conclusió que manté moltes similituds amb la primera.»

RONALD REAGAN

A l'Àngel Colom el van portar al seminari. A Gerardo Iglesias el van fer baixar a la mina cantant. A Santiago Carrillo, li van posar una perruca i el van enviar molts anys a Moscou. A Narcís Serra i a Miquel Roca, els van muntar un despatx d'advocats junts. A Pujol, li van donar un banc per què jugués al *Monopoly* amb cèntims de veritat. L'Anguita havia de ser militar, com el seu pare, però no va poder entrar a l'Acadèmia de Saragossa. I a Iñaki Anasagasti, li van fer la ratlla dels cabells a sota l'orella amb l'esperança que, d'aquesta manera, ja no li fos fàcil dedicar-se a cap activitat que tingués a veure amb la cosa pública.

Però tots, del primer a l'últim, un dia van decidir que acabarien fent de polítics. Els seus pares, encara ara, continuen preguntant-se on van fallar, què van fer malament. Els consola pensar que podia ser pitjor: el fill hauria pogut ser periodista.

La generació que ha de rellevar els polítics actuals és, ara mateix, en edat escolar. Per evitar sorpreses d'última hora, es recomana als pares que estiguin ben atents a l'evolució dels seus fills. Per això, els metges han establert una normativa per detectar possibles vocacions polítiques precoces:

1) Si un nen o nena prefereix passar el diumenge al matí escoltant un míting de Raimon Obiols, en comptes de visitant l'Aquàrium, preocupi's.

2) Si un dia arriba a casa i demana cèntims per subscriure's al *Diari Oficial de la Generalitat de Catalunya*, comenci a sospitar.

3) Si li comença a sortir la veu enrogallada i li troben les parets de la seva habitació tapades amb pòsters d'Aleix Vidal Quadras, llavors és quan no han de perdre més temps i han de visitar ràpidament un especialista. Pensin que, com més grans, més difícil és fer-los canviar d'opinió.

Les persones que veuran a continuació no van ser tractades en el seu moment. De grans, han rebut ofertes laborals de tot tipus per deixar la política i dedicar-se a altres activitats. Cap d'ells ha acceptat. Ja era massa tard.

PROFESSIONS INSÒLITES

292. **«Calvo Sotelo es tan soso que haría de marmolillo en una calle peatonal.»**

Alfonso Guerra, PSOE, 1980.

293. **«Pujol és l'*okupa* més gran de Catalunya.»**
Iñaki Guerrero, PSC, 03/11/96, criticant el president de la Generalitat perquè té el Parlament segrestat.

294. **«Ibarra parece el contestador automático de los socialistas. Salta de vez en cuando y dice sus cosas.»**
Xabier Arzalluz, PNB, 10/10/92.

295. **«Fraga es una locomotora que sólo echa humo y sueña con sables y estados de excepción.»**
Xabier Arzalluz, PNB, 24/02/80.

PROFESSIONS LIBERALS

296. **«Pujol ha entrat en campanya utilitzant el to d'un *broker* agressiu de Wall Street.»**
Raimon Obiols, PSC, 20/04/91.

297. **«Roca és un conegut agent socialista especialitzat a fer comèdia.»**
Aleix Vidal Quadras, PP, 08/08/94.

298. **«Felipe es como aquel astronauta soviético que estaba en la luna y cuando volvió se enteró de que su país ya no existía.»**
José María Aznar, PP, 02/05/93.

EL MÓN DE LA FARÀNDULA

299. **«Suárez llegó a perder toda credibilidad. Se convirtió en una bailarina de pasos contrarios.»**

Alfonso Guerra, PSOE, juny de 1982.

300. **«A Pujol le conviene más quedarse fuera del Gobierno, manejando los hilos del guiñol, sabiendo que González es su marioneta.»**

Francisco Álvarez Cascos, PP, 07/08/94, iniciant en aquell temps la seva obssessió per les notícies del «guiñol».

301. **«Roca és un gran mag i un millor malabarista per la facilitat amb què, quan li convé, fa desaparèixer Catalunya, la llengua catalana i la bandera.»**

Anna Balletbó, PSC, 03/06/86.

302. **«González es un ilusionista que se saca de la chistera un conejo llamado Garzón.»**

José María Aznar, PP, 08/06/93.

303. **«Celia Villalobos es la bruja mala de la derecha.»**

Antonio Romero, IU, 24/05/95, en plena cursa cap a l'alcaldia de Màlaga. A l'altre candidat, Eduardo Martín Toval, el desqualifica recordant que a Catalunya li diuen Eduard.

304. **«Belloch está haciendo méritos para entrar en el circo de Guerra.»**
Luis Ramallo, PP, 23/05/95.

305. **«Eres un payaso.»**
Miguel Boyer, PSOE, 03/05/89, atribuint a Ruiz Mateos una professió que han adjudicat a molta gent, però convindrem que potser a ningú d'una forma tan apropiada.

306. **«Armet és el *clown* d'aquesta campanya electoral.»**
Antoni Comas, CiU, 27/05/87.

307. **«Jordi Pujol és un domador de partits nacionals en precarietat parlamentària.»**
Aleix Vidal Quadras, PP, 09/06/97.

FEINES INGRATES

308. **«Los gobernadores civiles son un poco los chivatos o alcahuetes del Ejecutivo.»**
Xabier Arzalluz, PNB, 06/12/94.

309. **«CiU és la catifa on Felipe González es neteja les sabates enfangades de la porqueria de Roldán.»**
Aleix Vidal Quadras, PP, 26/05/94.

310. **«El señor Suárez es como un orfelinato al que acuden todos los partidos que no tienen padre.»**
Felipe González, PSOE, 07/06/77.

OFICIS POC RECOMANABLES

311. **«Fraga es un psiquiatra de golpistas. El peligro está en que a veces los psiquiatras acaban con la misma enfermedad que los golpistas.»**
Alfonso Guerra, PSOE, 13/10/82.

312. **«Si Catalunya recupera espies i xantatgistes com el senyor Narcís Serra, el que farem serà transformar Catalunya en un abocador de residus polítics.»**
Aleix Vidal Quadras, PP, 04/07/95.

313. **«El retorn de Narcís Serra farà que a Catalunya floreixi la indústria de les distorsions funcionals involuntàries de l'espai ràdioelèctric, que és tal com els socialistes li diuen ara a l'espionatge telefònic.»**
José Ignacio Llorens, PP, 04/07/95, per la via de l'eufemisme.

314. **«Los de CiU son unos bandidos generosos andaluces de hace unos siglos porque practican una política de compra de conciencias a cambio de votos.»**
Julio Anguita, IU, 08/03/92.

315. **«El conseller Roma és un lladre que ha de tornar el xalet que s'ha fet amb els cèntims de tots els catalans.»**
Josep Curto, PP, 08/11/95.

316. **«Quien es capaz de esto, también es capaz de robarle la cartera a los ciudadanos con tal de arañar un puñado de votos.»**
Francisco Álvarez Cascos, PP, 03/05/93, després de criticar Felipe González per apropiar-se la figura del Rei en un míting.

317. **«El Gobierno está haciendo trilerismo político.»**
Juan Manuel Eguiagaray, PSOE, 21/05/97, ataca l'actitud del PP en la presumpta amnistia fiscal comesa per l'anterior govern socialista.

ESPERIT OLÍMPIC

318. **«En una olimpíada de cinisme, Miquel Roca s'emportaria, sens dubte, la medalla d'or.»**
Josep Borrell, PSC, 02/10/89.

319. **«Son como Benito Floro y Prosinecki; van perdiendo partidos, pero ellos lo intentan.»**
Juan Hormaechea, president de Cantàbria pel seu propi partit, Upca, 28/01/94, referint-se a les derrotes dels socialistes de la seva comunitat.

320. **«Pujol només vol ser campió de futbolí. Nosaltres preferim guanyar la Lliga espanyola.»**
Aleix Vidal Quadras, PP, 13/11/95.

MOLTA MILI

321. **«A Rafael Arias Salgado se le está poniendo, cada vez más, la cara de sargento de submarino nazi.»**
Gabriel Camuñas, Coalició Democràtica, 27/02/79.

322. **«Cuando Rodríguez Sahagún habla de estos temas, parece un cabo furriel subcontratado.»**
Miquel Àngel Planas, AP, 03/06/86, criticant la proposta del CDS de reduir la mili a només tres mesos.

323. **«Belloch es un insumiso impostor al servicio de González.»**
Francisco Álvarez Cascos, PP, 1995.

OFICIS RELIGIOSOS

324. **«Tierno Galván es un cura de tercera.»**
Carlos Ruiz Soto, AP, 16/04/83.

325. **«Els socialistes han anat a buscar el seu Santcrist Major, a veure si mouen el vot dels seus paisans.»**
Rafael Ribó, IC, 06/11/95, en referència a la irrupció de Felipe González a la campanya electoral catalana.

AUTÒNOMS

326. **«Roca només pot anar a La Moncloa com a instal·lador d'aire condicionat.»**

Raimon Obiols, PSC, 06/06/86.

CANVIS D'OFICI

327. **«Felipe ha dejado de ser flautista para ser autista.»**

Antonio Romero, IU, 16/06/94.

328. **«¿Cómo se puede esperar que el cura del pueblo sea el dueño del puticlub?»**

José Luis Corcuera, PSOE, 29/04/94, proclamant la innocència del govern en el cas Luis Roldán.

EXPROFESSIONS

329. **«Guerra es un vampiro jubilado.»**

Felipe Alcaraz, IU, 12/05/91.

330. **«Vaig ser pediatre de Vidal Quadras i devia aplicar malament el tractament, perquè no s'explica el que diu.»**

Antoni Gutiérrez Díaz, IC, 31/05/94, desconcertat pel resultat de les seves teràpies.

OFERTES REBUTJADES

331. **«Aunque tenga que aguantar sus regañinas, no me voy a convertir en terapeuta de su carácter.»**

Josep Borrell, PSC, 08/05/91, responent a les crítiques de corrupció de la diputada del PP Teresa Esteban.

332. **«En sólo 17 segundos de televisión, ni siendo la virgen de Lourdes conseguiría convencer a nadie.»**
Rafael Calvo Ortega, CDS, maig de 1993, queixós del poc espai que li dedicaven les televisions.

SENSE OFERTES
333. **«En materia de compromiso ético, González no puede ser ni siquiera el hombre que le limpie los zapatos a Aznar.»**
Francisco Álvarez Cascos, PP, 09/05/93.

HORES EXTRES
334. **«Victòria Camps s'afartarà de fer classes particulars d'Ètica.»**
Aleix Vidal Quadras, PP, 30/04/93, valorant el fitxatge de la catedràtica d'Ètica pel PSOE.

AUTOPROMOCIÓ
335. **«Si es tracta de resoldre un problema de feina, nosaltres sí que ho podem fer; ells no** [Espanya] **perquè mai han sabut què és això de treballar.»**
Miquel Roca, CiU, 04/10/82.

17. MOMENTS DE LUCIDESA

«La diferència entre la genialitat i l'estupidesa
és que la genialitat té els seus límits.»

ANÒNIM

Són uns segons irrepetibles en què els ulls se'ls obren molt oberts i la mirada se'ls perd molt perduda; són uns instants màgics en què el cos es torna ingràvid, però que tal com vénen, se'n van. Són aquells moments de lucidesa que un polític té en comptades ocasions al llarg de la seva vida, i que ha de saber aprofitar.

Alguns ho han fet. Han transformat aquests moments tan especials en afirmacions irrefutables, en veritats immanents, en sentències que res ni ningú no poden rebatre i que, més enllà de diferències ideològiques i lluites de partit, es perpetuaran pels segles dels segles. En definitiva, petites genialitats individuals que han aconseguit un consens absolut. En alguns casos són autèntics exercicis de sinceritat. En d'altres, profecies inquietantment certes.

EXERCICIS DE SINCERITAT

336. **«No me llamó Dios para la diplomacia.»**
Juan Carlos Rodríguez Ibarra, PSOE, 27/07/93, reconeixent les seves limitacions.

337. **«Puc garantir solemnement que ni al Duran Lleida ni a mi ens prendran el pèl a Madrid.»**
Miquel Roca, CiU, 26/10/89, admetent que l'al·lopècia és una de les poques coses que l'uneix a Duran Lleida.

338. **«Éste es el país en el que es más fácil hacerse rico, y en menos tiempo.»**
Carlos Solchaga, PSOE, 1987, donant pistes a alguns companys.

339. **«No em poso amb el Guerra perquè em fa por.»**
Eduard Punset, CDS, 08/06/87.

340. **«La política es un cobijo de incompetentes.»**
Jesús Gil, 21/04/91, buscant arguments per no sentir-s'hi estrany.

PROFECIES

341. **«España va a ser pronto el país con mayor densidad de sinvergüenzas por metro cuadrado de toda Europa.»**
Luis Ramallo, PP, 12/10/89.

342. **«Si Pujol ha perdonado a González lo de Banca Catalana, mucho más rápido se reconciliará conmigo.»**
José María Aznar, PP, juliol de 1994.

343. **«Si eliminamos el paro, la inflación, el terrorismo y reformamos la Administración en un plazo razonable, se puede sacar el país adelante.»**
Felipe González, PSOE, 12/02/79.

344. **«El PSOE utiliza a Garzón como preservativo, ya que lo tirarán al retrete después de utilizarlo.»**
Jesús Gil y Gil, 23/05/93.

345. **«En un estado democrático no hay delincuentes políticos, sino delincuentes a secas.»**
Luis Roldán, PSOE, 08/06/87, preparant-se el futur.

18. UN COP DE MÀ

«La violència és por a les idees dels altres
i poca fe en les pròpies.»

FORGES

Hi ha persones que no entenen el llenguatge de les paraules. En algunes, aquest problema només se'ls manifesta de forma temporal; d'altres ho pateixen habitualment. Les persones que volen dialogar amb ells només tenen una solució: aprendre a dir les coses d'una altra manera. I els surt de fer-ho amb les mànigues arremangades i actitud amenaçant.

346. **«Va a haber que empezar a repartir hostias.»**
Guillermo Galeote, PSOE, 05/02/86, encarant-se cap als bancs del centre i la dreta, durant la intervenció de Leopoldo Calvo Sotelo en un debat sobre pau i seguretat, precisament.

347. **«Te voy a dar una hostia.»**
Jaume Antich, PSC, 27/10/93, amenaçant Javier Arenas, en una comissió del Congrés, després que aquest li fes un

signe de silenci quan anava a intervenir Antich. La resposta d'Arenas va estar a l'alçada de les circumstàncies: «Luego, en la calle.»

348. **«Suárez no tiene media bofetada en el Parlamento.»**
Manuel Fraga, AP, 20/02/79, pletòric de forma, com en els millors temps.

349. **«Yo me he quitado la chaqueta en diferentes ocasiones para toda clase de trabajos, y me la sacaré todas las veces que haga falta. A por ellos.»**
Manuel Fraga, AP, juny del 1977, encarant-se a un grup de rebentadors del míting que feia al polisportiu de Lugo i dirigint-se a les grades per desallotjar-los personalment.

Tal com es dedueix d'aquests exemples, en la majoria de casos, una amenaça a temps ha estat suficient perquè el seu destinatari entengués el missatge amb nitidesa i deposés la seva actitud inicial d'intransigència. Com en tot a la vida, aquesta regla també té les seves excepcions. Llavors és quan el concepte de batalla política pren tota la seva dimensió.

DÍEZ DE RIVERA-SALAFRANCA
14 de setembre del 1994. Una compareixença de la consellera de Transports del govern balear, en

una comissió del Parlament Europeu, per informar de la repercussió de la vaga de controladors aeris acaba amb l'eurodiputada del PSOE Carmen Díez de Rivera bufetejant el seu col·lega Ignacio Salafranca (PP). Segons les cròniques, la discussió va començar quan Díez de Rivera va insistir que també havien de comparèixer els representants sindicals.

HORMAECHEA-GONZÁLEZ BEDOYA
11 de maig de 1990. El president de Cantàbria, Juan Hormaechea, és en un pub de Santander. Quan veu Juan González Bedoya, portaveu socialista al Parlament, el convida a seure a la seva taula, però Bedoya declina la invitació. Llavors, Hormaechea l'agredeix i li recorda que a ell ningú el posa en evidència. Testimonis presencials asseguren que el president càntabre anava amb unes copes de més. Algú s'imagina una cosa semblant entre Jordi Pujol i Raimon Obiols, per exemple, si mai coincidissin a l'Up and Down o a La Paloma?

HERNÁNDEZ-DE MADRE
Aquest combat és unilateral i amb una arma ben diferent dels punys: una clau. La que va fer servir Lluís Hernández, ex-alcalde de Santa Coloma de Gramenet i actual regidor d'Iniciativa per Catalunya, per ratllar el cotxe de l'alcaldessa socialista, Manuela de Madre. Des del juny del 1996, i durant

un any, les ratllades s'han repetit en cinc ocasions. L'acusen d'haver-hi escrit tres adjectius dedicats a Manuela de Madre: «Fea, puta y falsa.» Ell només reconeix aquest últim.

Tot això no és res al costat de la mare de totes les batalles, la que ha mantingut durant tots aquests anys l'infatigable José María Ruiz Mateos. Segurament la contribució de l'empresari de Rumasa no haurà estat tan decisiva per a la dialèctica política, com, directament, per a la boxa. Aquesta és la crònica, viscuda en directe, d'un combat molt particular.

«QUE TE PEGO...»

Senyores i senyors, molt benvinguts a una vetllada de boxa que promet ser històrica. I dic històrica, no només perquè tindrà lloc en un jutjat, el número 7 de Madrid, sinó perquè enfrontarà dos rivals que ja fa molt temps que se la tenen jurada. Recordin aquesta data: 3 de maig de 1989. En joc, hi ha el títol espanyol dels pesos mosca (collonera).

I sense més preàmbuls, passem a presentar els protagonistes de la vetllada. A la meva esquerra (cada vegada menys, per això), l'exministre d'Economia del govern socialista i actual marit d'Isabel Preysler: Miguel Boyer, també conegut com *La bèstia de Filipines*. I a la meva dreta (ell no se'n mou), un home que un dia va tenir un imperi i l'endemà es va despertar a la presó, un especialista en fugues i transvestisme: José Maria Ruiz-Mateos, *El Superman de Vallecas*.

Aquesta serà la primera vegada que els nostres homes es vegin les cares en directe. La seva rivalitat va començar el 23 de febrer de 1983, quan *La bèstia de Filipines* va decidir l'expropiació de Rumasa, el primer holding privat d'Espanya, propietat d'*El Superman de Vallecas*. Aleshores, Ruiz Mateos va jurar que li tornaria tot el mal que li havia fet. El 15 de desembre del 1988 van tenir un primer enfrontament. Però aquell dia, *El Superman de Vallecas* va preferir enviar una altra persona perquè agredís Miguel Boyer. Avui ha vingut ell en persona.

No és estrany, doncs, que els ànims estiguin tan excitats. Ruiz Mateos ha agafat el primer càmera de televisió que ha trobat i li ha dit que ho filmés tot, que guanyaria molts cèntims. Ell i el seu fill Zoilo han desplegat una pancarta, a la porta dels jutjats, on es podia llegir: «Devuélvenos lo que nos has robado.» I, a més, quatre persones del clan d'*El Superman de Vallecas* porten caretes que representen Julio Iglesias, el Marqués de Griñón, el mateix Boyer i l'última, un interrogant. La música ambiental la posa el que porta la careta de Julio Iglesias, que repeteix sense parar el *play back* de *Lo mejor de mi vida*. Però Miguel Boyer, fins ara, no ha volgut respondre a cap de les provocacions. Perquè sabia que el combat no havia començat. Ho farà quan soni la campaneta, és a dir, ja.

1er. assalt

Boyer surt dels jutjats i es dirigeix als periodistes. Ruiz-Mateos s'acosta cap allà i, amb el típic llenguatge dels boxejadors, busca el cos a cos amb el seu rival.

RUIZ MATEOS: **«Boyer, cuando te tenga que dar un puñetazo, te lo doy en directo, sin ugetista. Eres un mariconazo.»**

BOYER [*sense baixar del burro*]: **«Pues a ver, no haberlo alquilado.»**

R. M. [*ampliant el seu vocabulari*]: **«No me conoces. Eres un cretino, un farsante y un impostor.»**

B. [*buscant el suport popular*]: **«Ya ven ustedes si no es cinismo el acusar de injurias a este individuo, ¿no?»**

R. M. [*començant a perdre la paciència*]: **«Mira, maricón, vente a la calle. Quítate de protección y peleemos como machos, como hombres, para que no digan. Eres malvado y hasta que no acabe contigo no pararé. Te lo digo en serio.»**

En aquest precís moment, *El Superman de Vallecas* colpeja el cap de Boyer i li fa caure les ulleres a terra. Ni l'exministre ni tota la seva escolta no poden impedir que les ulleres s'acabin trencant. Després d'uns segons d'incertesa i de nervis, Ruiz-

Mateos torna a l'agressió verbal: **«A la cárcel.»** Boyer encaixa el cop i replica: **«Dé usted la cara»**, frase que encén definitivament els ànims d'*El Superman de Vallecas*. Ruiz Mateos prepara el cop que pot ser definitiu: aixeca el braç dret, tanca el puny i dobla el canell, en una posició realment poc ortodoxa per a un boxejador. Al crit de **«Que te pego, leche»**, deixa anar el braç, que acaba impactant a la cara del rival.

Ruiz-Mateos guanya l'assalt per punts. Però sap perfectament que el combat no s'ha acabat. Encara li queden molts assalts per buscar el K.O. Va a confessar-se i, segons ell mateix explica, el capellà entén la seva actitud i li imposa una penitència lleu: una avemaria.

2on. assalt

La nombrosa família de Ruiz Mateos decideix fer front comú contra l'enemic. 22 de maig de 1989. Paloma, una de les filles, espera Isabel Preysler a l'entrada del seu ginecòleg, al número 99 del carrer Velázquez. Quan la veu, li llança un pastís, que va a parar als peus de l'esposa de Miguel Boyer. La intervenció d'un guardaespatlles evita que el pastís impacti a la cara, que era la diana prevista inicialment. L'agressora comenta amb els periodistes el motiu de la seva acció: **«Només volia endolcir-li la vida.»**

3er. assalt

1990. José María Ruiz-Mateos visita la tradicional Feria de Abril de Sevilla. Però aquesta vegada no hi va sol: l'acompanyen un grup de dobles de Miguel Boyer i d'Isabel Preysler.

4rt. assalt

Uns guardaespatlles del matrimoni Boyer han agredit un grup de periodistes. La intervenció de Ruiz-Mateos només es fa esperar uns dies. El 22 de maig apareix amb una de les seves disfresses més celebrades: vestit de Superman i erigint-se en salvador dels periodistes maltractats.

5è. assalt

Per una vegada, Miguel Boyer decideix posar-li les coses fàcils a Ruiz-Mateos. El matrimoni mostra, a la revista *Hola*, tots els detalls del xalet que s'han construït a la urbanització madrilenya de Puerta de Hierro. Una dada queda a la memòria de tothom: la casa té 16 cambres de bany. Mentre algú la bateja com a «Villa Meona», un grup de seguidors d'*El Superman de Vallecas* es pixen a la façana del xalet i deixen com a record diversos urinaris amb l'abella de Rumasa.

6è. assalt

Ruiz-Mateos fa una altra demostració de la seva amplitud de registres com a actor tragicòmic. Es vesteix d'enterramorts, penja un cartell amb el nom de «Boyer» a un fèretre i parodia el funeral de l'exministre pels carrers de Madrid.

7è. assalt

El Superman de Vallecas continua buscant-li les pessigolles a Miguel Boyer. Ara li fa una nova visita a casa seva. En aquesta ocasió, li vol demostrar les seves dots d'orador amb una conferència alliçonadora.

8è. assalt

L'Onze de Setembre de 1993, Ruiz-Mateos decideix passar la Diada a Catalunya. Descarta l'opció de visitar el Fossar de les Moreres i tampoc es decideix a fer una ofrena floral al monument a Rafael Casanova. En canvi, es presenta carregat de regals al casament de Ricardito Bofill amb la filla d'Isabel Preysler, Chabeli Iglesias. Si es té en compte la brevetat del matrimoni, la seva visita no va ser en va.

9è. assalt

Novembre de 1993. El combat s'està acabant i Boyer mostra una resistència digna d'elogi. Ara, Ruiz-Mateos ho prova protagonitzant un anunci a Tele 5, d'una de les seves empreses: xocolates Trapa. L'acompanya Susi, una model filipina que s'assembla (?) a Isabel Preysler. Aquest és el diàleg:

RUIZ-MATEOS [*buscant la rima*]: **«Tómate un Trapa, Isabel, y que no se entere Miguel.»**

SUSI [*insinuant alguna relació anterior de la Preysler*]: **«Hum, qué detalle, marqués, me tiene atrapada.»**

R. M. [*tancant el gag*]: **«Que te atrapo, leche.»**

10è assalt

El repertori final de cops l'exhibeix el 22 d'agost de 1994. Ruiz-Mateos presenta a Marbella una exballarina, Rosa Clara Fernández, que assegura que Miguel Boyer és el pare de la seva filla de 15 anys. *Superman* s'ofereix per apadrinar la noia, però Boyer replica amb contundència: **«Esto no es más que un culebrón para retrasados mentales.»**

El combat ha arribat als 10 assalts, però a l'espera del veredicte dels jutges, Ruiz-Mateos s'entreté amb algunes vel·leitats polítiques —a les europees del 94, el seu eslògan era *Que me votes, leche*— i amb noves baralles de carrer.

Contra Mariano Rubio

Es disfressa d'alferes del paradís fiscal i s'envolta de pirates per protestar contra el botí que el governador del Banc d'Espanya ha aconseguit en el cas Ibercorp. L'any següent, el 1993, la seva filla Paloma fa una pràctica més del seu curs particular de llançament de pastissos. En aquesta ocasió, el dolç és de nata i xocolata i impacta a la cara de Mariano Rubio.

Contra Carlos Solchaga
Conferència del Ministre d'Economia. Ruiz-Mateos es posa una perruca i li demana un autògraf. Solchaga no el reconeix i li dedica amablement: **«A José María, con afecto.»**

Contra Luis Roldán
El maig del 1994, exerceix d'intermediari entre un desconegut i la revista *Interviu* per vendre fotos de l'exdirector de la Guàrdia Civil, Luis Roldán, en una orgia. El motiu és totalment comprensible: **«La admiración y respeto que tengo por la Guardia Civil.»**

Amb Jesús Gil y Gil
El març del 1996, l'alcalde de Marbella i president de l'Atlètic de Madrid, Jesús Gil y Gil, agredeix el gerent del Compostela, José González Fidalgo. Ruiz-Mateos envia una carta a Gil donant-li la benvinguda al seu club particular: **«Yo también le propiné una leche al malvado de Boyer y me quedé corto.»**

Els jutges encara tarden a oferir el seu veredicte del combat. Finalment, ho fan el 1997. José María

Ruiz-Mateos, *El Superman de Vallecas*, en surt guanyador. L'han absolt dels presumptes delictes de falsedat en document mercantil, els únics pels quals pot ser jutjat, segons les condicions fixades per la justícia alemanya quan va ser extraditat a Espanya.

Uns anys abans, però, va tenir un judici paral·lel: el d'un colombià amb qui va coincidir a la presó: **«Per mi, vostè és el tio més gran del món. Jo sóc lladre i vostè és el més gran de tots els lladres. Per això l'admiro.»**

19. SEXE A LA CARTA

«Crec en el sexe i en la mort,
dues experiències que passen un cop a la vida.»

WOODY ALLEN

Primera carta: l'eròtica del poder

Estimada doctora:

Des de fa tres anys, sóc una fidel seguidora del seu consultori. No me'l perdo per res del món. Al principi, el meu marit se'n reia de mi i em deia que tot això eren tonteries de dones. Hauria de veure'l ara, doctora! Està més enganxat que jo. Ell és, precisament, qui m'ha animat a escriure-li aquesta carta per parlar-li d'un tema que fa molt temps que ens té preocupats i que mentiria si li digués que no comença a afectar les nostres relacions de parella.

M'estic referint a l'eròtica del poder. Se'n parla a tot arreu; no d'ara, no, des de fa molts anys. Recordo que, al principi, jo mateixa no sabia exactament què era. A vegades, quan el mes d'agost veia la tradicional imatge de Narcís Serra en banyador a la seva barca Zodiac em preguntava si podia ser allò, l'eròtica del poder. Em passava el mateix amb el president Pujol, quan el veia en pantalons curts a Queralbs. Fins que va arribar un dia, que vaig deixar que el meu cos contestés per mi.

Al meu marit, es veu que aquest dia encara no li ha arribat. El noto com bloquejat, incapaç de respondre a cap estímul extern, si prové del món de la política. Ell està convençut que l'eròtica del poder no existeix. I el pitjor de tot és que no li ha canviat l'opinió ni després d'haver vist la ministra Isabel Tocino passejant pels camps vestida de pastoreta.

Digui'm, doctora: coneix altres casos com el del meu marit? I, sobretot, què podem fer per solucionar-ho?

Afectuosament, una amiga preocupada

Estimada amiga preocupada:

He llegit la seva carta i, primer de tot, li he de dir que estic molt contenta per la seva fidelitat al consultori i, sobretot, per haver-hi aficionat al seu marit. Sabem positivament que cada vegada són més els homes que ens segueixen i això ens omple d'orgull.

L'eròtica del poder, amable seguidora, és una manera de definir les passions que els cossos dels nostres governants desfermen entre la majoria de ciutadans, com vostè o com jo mateixa. Hi ha altra gent, en canvi, que, davant de la contemplació de les mateixes imatges, no experimenten cap sensació íntimament agradable. Pel que veig, aquest és el cas del seu marit. Un simple repàs a les hemeroteques dels últims 20 anys li demostrarà que no és l'únic.

350. **«La Tocino, si se va desnudando lentamente, no me sirve ni para masturbarme.»**
Juan Hormaechea, president de Cantàbria per AP, 1990, aprofitant la seva presència de matinada en un pub de Santander per exposar en veu alta un cas de possible inapetència sexual.

351. **«Ese señor del bigote no tiene ni medio polvo.»**
Sara Montiel, maig del 1993, en un acte electoral del PSOE, reconeixent certes carències afectives cap a l'actual president del govern espanyol, José María Aznar.

352. **«Espere un momento, señor ministro, porque me parece que su aparato no funciona.»**
Gregorio Peces Barba, president del Congrés dels Diputats, dirigint-se a Miguel Boyer, quan aquest era a punt de prendre la paraula, i constatant que hi ha certes disfuncions que no pot arreglar ni el poder.

353. **«El poder no pone cachondo.»**
Adolfo Suárez, CDS, 25/10/89.

Per tant, estimada amiga, ja veu com hi ha altres persones —entre ells, polítics i governants del més alt nivell— que es troben en una situació similar a la del seu marit, i no per això els hem de marginar; al contrari, hem d'articular totes les mesures possibles per tal d'integrar-los a la societat. Digui el que digui la gent, ells són persones absolutament normals, i com a tals els hem de tractar.

L'únic que els diria, a tots ells, i al seu marit en particular, és que tinguin paciència, que no vulguin córrer i que provin una teràpia que, a la llarga, sol donar bons resultats: el contacte sovintejat amb imatges suggerents.

A la seva carta, vostè em posava tres exemples: el de l'exvicepresident, Narcís Serra, el del president de la Generalitat, Jordi Pujol, o el de la ministra de Medi Ambient, Isabel Tocino. Tots tres són perfectament vàlids. Però si vol, en pot provar d'altres: un vestit-jaqueta de Pilar Rahola, un monyo de Marta Ferrusola, o el mateix somriure espontani de José María Aznar. Ah, i recordi: a vegades, l'eròtica del poder, amiga, s'amaga en els racons més insospitats.

Esperant que els meus consells li hagin estat d'utilitat, s'acomiada atentament la doctora

ROSI PÉREZ

Segona carta: mesures profilàctiques

Benvolguda doctora:

Sé que en aquest espai ja s'ha parlat altres vegades de l'ús d'anticonceptius a la nostra societat, i especialment del preservatiu. (Encara recordo la polèmica que hi va haver quan el PSOE va fer aquella famosa campanya del *Póntelo, pónselo*). Però avui hi voldria afegir una petita cosa.

No és que jo sigui un gran aficionat a la política, però sí que m'agrada estar al cas de les coses que passen. Miro les notícies de la tele, fullejo el diari i, abans d'anar a dormir, poso la ràdio. És com una mania que tinc, adormir-me amb la ràdio a l'orella.

Doncs bé: per què no he sentit mai ningú del PP que s'atreveixi a parlar dels preservatius i dels anticonceptius, en general? Què passa, doctora, que no tenen opinió? O és que no s'atreveixen a donar-la?

Atentament,

Un ciutadà indignat

Benvolgut ciutadà indignat:

Primer de tot, moltes gràcies per la seva carta, perquè ens permet tornar a parlar de mètodes anticonceptius i profilàctics, un tema on la formació és importantíssima. És cert que hem avançat molt, però també ho és que encara queda molta feina per fer.

Dit això, de la seva carta dedueixo que el Partit Popular no és, precisament, sant de la seva devoció. I menys en la matèria que avui ens ocupa. No es preocupi, tampoc no és una excepció.

354. **«No *fiaros*, que dan los preservativos con un alfiler y están *picaos*.»**
Alfonso Guerra, PSOE, 18/05/91, comentant una campanya del PP de repartiment gratuït de condons.

355. **«Los hombres de derechas usan mucho el condón... fuera de casa.»**
Matilde Fernández, PSOE, 14/05/93, en una de les poques ocasions que ha contradit, ni que sigui a mitges i de forma irònica, el seu tutor ideològic, Alfonso Guerra.

Però deixi'm que li digui, estimat amic, que al PP sí que hi ha persones que s'han mullat en el tema anticonceptius. Una d'elles, fins i tot, ha sentat càtedra. M'estic referint al militant català Armando Querol. Un home que vostè potser coneixerà perquè escriu versos als seus líders; uns versos que llegeix als mítings i que, fins i tot, ha recopilat en un llibre (*Soles y silencios*).

Miri, el *Romance del ciego* és un exemple de les seves rimes florides: «Negocios quieren poner/cuando dejen sus escaños/Ordóñez pondrá camisas/y Narcís Serra, pianos;/mariscos el De la Borbolla;/Alfonso Guerra a los patos;/Morán, en el circo, chistes;/la Miró, ropa y tejanos/y Felipe, en el Azor, viajes organizados.»

Però Armando Querol, en una actitud que diu molt a favor seu, no ha volgut posar tot el seu talent al servei, només, de la poesia. També s'ha esforçat a trobar un mètode anticonceptiu que no fallés. Se li podrà criticar que el mètode peca de radical o d'expeditiu, però ningú li podrà discutir que hi ha un 100 % de garanties que funcioni. Ell mateix va anunciar qui serien els primers de provar-lo.

356. **«A los socialistas les vamos a cortar las orejas y el rabo para que dejen de joder.»**
Armando Querol, PP, 28/05/93, llançant un missatge de concòrdia.

Per tant, estimat amic, no és cert que el PP no tingui opinió en matèria anticonceptiva. Una altra cosa és que vostè vulgui o no vulgui posar-la en pràctica, cosa que ja deixo a la seva lliure elecció.

Com sempre, molt agraïda, la seva doctora

ROSI PÉREZ

20. D'UN ALTRE PLANETA

«Sense l'ajut de Jordi Pujol, mai hauria sortit del no-res per arribar a la defenestració.»

ALEIX VIDAL QUADRAS

El que es relata a continuació és una història de política-ficció, de com un poble, l'espanyol, ha persistit durant aquests 20 anys en la seva voluntat d'explorar un *planeta* que ocupa el nordest de la Península Ibèrica i que respon al nom de Catalunya. Anteriors expedicions han confirmat l'existència de vida a Catalunya, però fins ara cap d'elles no ha descobert evidències que la vida que hi ha sigui intel·ligent.

Al front de la nau, hi viatja en aquesta ocasió un home jove i d'esperit emprenedor, el capità Juan Carlos Rodríguez Ibarra. Aparentment, el perfil d'Ibarra sembla ideal per passar desapercebut i treure el màxim d'informació del planeta veí: és seguidor del Barça, esmorza cada matí al bar Catalunya i la seva mare parla valencià, una llengua que antigament algú havia emparentat amb la catalana.

Només d'arribar a la seva destinació, els tripulants de la nau observen el peculiar costum dels catalans d'obrir els tomàquets per la meitat i refregar-los sobre les llesques de pa. Certament, costa pensar que aquí hi pugui haver vida intel·ligent. Poc després, Rodríguez Ibarra truca als serveis centrals de Madrid. Ha descobert una cosa que ell creu que sí que és de gran transcendència. Catalunya, com Espanya, també té aigua. I de moltes marques diferents.

Des de Madrid temen que Ibarra no s'estigui encomanant massa ràpid del nivell intel·lectual de la població autòctona catalana i decideixen passar a l'acció. Li ordenen que suspengui temporalment qualsevol contacte amb cap alienígena fins que no s'hagi llegit tota la informació que li acaben d'enviar. Els habitants d'aquest *planeta* són més perillosos del que semblen. Tothom hi està d'acord, independentment del seu color polític.

357. **«El terrorismo en el País Vasco es una cuestión de orden público, pero el verdadero peligro es el hecho diferencial catalán.»**
Felipe González, PSOE, maig del 1984.

358. **«La ideología nacionalista está de moda en Euskadi y Catalunya, pero yo creo que el nacionalismo es una de las ideologías más peligrosas que existen. Para mí, ser nacionalista y ser culto e inteligente, es incompatible.»**
Txiki Benegas, PSOE, setembre del 1984.

359. **«Los andaluces son bastante inteligentes para no confiar en los catalanes.»**
José Rodríguez de la Borbolla, PSOE, 23/05/86.

360. **«Si Roca entra en La Moncloa, los andaluces tendremos que echar mano a la cartera.»**
Antonio Romero, IU, 28/05/93.

361. **«El nacionalismo es un producto intelectual inferior, de ideas rudimentarias, ideología fundamentalmente pueblerina y visceral que, si alguna vez fuera llevada hasta sus últimas consecuencias, subdesarrollaría a Catalunya y la convertiría en una sociedad del Tercer Mundo.»**
Mario Vargas Llosa, escriptor i polític peruà, 16/10/93, prologant un llibre d'Aleix Vidal Quadras.

362. **«Nuestro dinero se lo están llevando los convergentes, cuando hemos sido los andaluces los que hemos levantado Catalunya.»**
Celia Villalobos, PP, 15/09/94.

El capità Rodríguez Ibarra llegeix la informació a mesura que va apareixent en una de les pantalles de la nau. De sobte, veu com se li disparen tots els mecanismes d'alarma. Ibarra transmet l'ordre i decreta alerta màxima per a tota la tripulació. Tots fan pinya al voltant de la pantalla. Des de Madrid, els envien una foto. L'ordre és molt clara: s'han de mantenir apartats d'aquest home, el líder alienígena.

363. **«Hay que decir basta, porque llegará un día que Pujol va a reclamar la Luna.»**
Antonio Romero, IU, 08/11/96.

«Pujol utiliza la misma trampa que utilizaba el general Franco, que cuando la ONU u otros organismos internacionales atacaban su régimen, convocaba a los españoles a la plaza de Oriente y les invitaba a defender España porque había sido atacada. Es el mismo método y argumento. No hemos cambiado mucho.»
Julio Anguita, IU, 11/09/94.

364. **«Estoy harto de presidentes autonómicos llorones, como el señor Pujol o el señor Ardanza, que están insultando a Madrid, reivindicando más dinero, pero manteniendo al Gobierno bajo cuerda.»**
Julio Anguita, IU, 28/06/91.

365. **«Aquí en Madrid el presidente de la Generalitat no pinta absolutamente nada.»**
Julio Feo, secretari general de Presidència, PSOE, 22/04/83.

366. **«Hay algún dirigente político de Cataluнya que está un poquito fuera de quicio.»**
José María Aznar, PP, 29/01/96, en referència a Jordi Pujol.

367. **«Pujol és un fenici que vol vendre Catalunya al millor postor.»**
Juan Ignacio Pujana, PSC, 24/05/93.

368. **«Pujol hace política en el mercado negro.»**
Alejandro Rojas Marcos, Partit Andalusista, 08/05/94.

369. **«Pujol viu en democràcia, però pertany a la teocràcia. Té rang diví, mai no s'equivoca en les seves declaracions.»**
Aleix Vidal Quadras, PP, 24/02/95.

370. **«Me preocupa excesivamente que la Guardia Civil pueda llegar a depender de Jordi Pujol, hoy presidente de la Generalitat, y mañana de cualquier loco que pueda asumir la presidencia de la Generalitat.»**
Mercedes de la Merced, PP, 27/05/94, defensades i completades per Aleix Vidal Quadras: «Ni Macià ni Companys van ser bojos en el sentit clínic del terme, però sí molt imprudents en el terreny polític.»

Els serveis centrals recorden al capità Ibarra que, a partir d'ara, contactar amb Vidal Quadras es convertirà en objectiu prioritari. Madrid és conscient de la delicada missió de la tripulació que visita Catalunya. Per això, els encoratgen a seguir i els recorden altres exemples d'espanyols que han gosat enfrontar-se a aquest territori. L'objectiu és mostrar a la tripulació que no estan sols en la lluita.

371. **«Queremos estar en el Parlamento, porque cuando algún vasco o catalán diga palabras ofensivas alguien pueda responder con gallardía.»**
Fernando Suárez, Coalición Democrática, 04/02/79.

372. **«Ofrecemos al pueblo español, si quiere levantarse, lucha, sacrificio, sangre, dolor y lágrimas. Aquí no hay prebendas ni poltronas: hay trincheras donde se lucha por España.»**
Diego Márquez, Círculos José Antonio, 27/02/79.

373. **«Se han construido dos Españas. Catalanes y vascos han hecho una conquista y nosotros debemos hacer la misma.»**
Alejandro Rojas Marcos, Partit Andalusista, 21/05/80.

374. **«Salmantinos, tenéis que defender lo que es vuestro por derecho de conquista.»**
Gonzalo Torrente Ballester, escriptor, 30/03/95, mobilitzant la població civil contra el trasllat dels Arxius de la Generalitat republicana a Catalunya.

El capità Ibarra decideix no perdre més temps i anar a buscar Vidal Quadras. La nau haurà d'entrar a la ciutat de Barcelona. Però aquí no hi ha problema: ho pot fer per qualsevol de les cinc autopistes que hi arriben.

Ja són cara a cara. Ibarra li dóna la mà, però la veritat és que Vidal Quadras li imposa molt respecte. És alt, molt alt, i no sap si tractar-lo com un amic o com un enemic. Per això, el capità Ibarra decideix obrir el foc amb una frase poc compromesa.

375. **«Me solidarizo con el hecho diferencial catalán. Pero hay otro hecho diferencial más profundo, que es el nuestro: nuestras familias ni siquiera pudieron disfrutar de nuestros padres, hermanos y amigos, porque tuvieron que emigrar.»**
Juan Carlos Rodríguez Ibarra, PSOE, 11/07/93.

Vidal Quadras el mira fixament i se l'escolta amb atenció. Sembla com si l'invités a continuar parlant. O almenys així ho entén el capità Ibarra, que ha preferit tenir contacte amb el seu interlocutor a soles. La resta de la tripulació l'espera a baix.

376. **«Me horroriza que me comparen con Pujol. Soy más alto, tengo más votos y no he tenido ninguna relación con la banca.»**
Juan Carlos Rodríguez Ibarra, PSOE, 24/05/91.

377. **«Tener dos lenguas no significa tener dos bocas para comer más que los demás.»**
Juan Carlos Rodríguez Ibarra, 19/09/91, en unes declaracions fetes a l'entrada de la seu del PSOE a Madrid durant la negociació sobre el model de finançament. Per darrera, un grup de nens l'acabaven de reconèixer i estaven corejant: «Viva el presidente de Extremadura.»

A Ibarra li sembla que Vidal Quadras ha mogut el cap en senyal d'aprovació quan ell feia referència a això de les dues llengües. Sembla que el seu interlocutor comença a estar còmode, que s'ha trencat el gel. Per això, decideix treure tots els trumfos.

378. **«Algunas regiones del Estado español no son más ricas que nosotros porque les haya tocado la Bonoloto, sino sencillamente porque han usado, abusado y expoliado los recursos que regiones como la extremeña tenían aquí y por desgracia, no hemos sido capaces de poner en valor.»**
Juan Carlos Rodríguez Ibarra, PSOE, 09/05/91.

379. **«No soy ciego, y he visto las carreteras y autopistas que tienen en Catalunya. ¿De dónde ha salido ese dinero?»**
Juan Carlos Rodríguez Ibarra, PSOE, 10/05/91.

Vidal Quadras no el contesta. Simplement, deixa anar un somriure. El capità Ibarra ja en té prou. Tant, que fins i tot s'atreveix a mostrar-li un document únic. És la prova que la teoria de l'espoli català no se l'ha inventat ell, com alguns han dit. Molts anys abans ja ho havia sentit a qui acabaria sent el seu mestre.

380. **«Ya he dicho en alguna ocasión que Andalucía tendría que recuperar lo que durante años le han robado otras regiones. Estaba, naturalmente, hablando de que el pueblo andaluz tiene derecho a recuperar lo que la burguesía detentadora del poder de otras regiones le ha robado durante muchos años.»**
Alfonso Guerra, PSOE, 23/01/78.

Ara és el torn de Vidal Quadras. Sap la importància que la seva opinió tindrà a Madrid. Per això, rescata de l'arxiu les seves frases més afortunades, les que resumeixen tota una trajectòria coherent i sense vacil·lacions.

381. **«Només una ment malaltissa pot concebre la segregació de Catalunya. Si un veu el que passa a Iugoslàvia, se n'adona del disbarat i de l'error històric monstruós que representaria qualsevol radicalització nacionalista.»**
Aleix Vidal Quadras, PP, 05/03/92.

382. **«Els nacionalismes identitaris són un dels problemes més greus i insidiosos a què ha de fer front la nostra creixentment madura democràcia.»**
Aleix Vidal Quadras, PP, 06/08/96.

383. **«És grotesc, i el PP no ho acceptarà mai, que un espanyol hagi de sentir un altre espanyol amb cascos, com si no fossin de la mateixa nació.»**
Aleix Vidal Quadras, PP, 02/11/92, durant la discussió sobre l'ús del català al Senat.

384. **«L'apel·lació a la llengua com a element de singularització i d'estímul a la separació és particularment atractiva en aquells casos, com el català, en què no es pot invocar ni la religió ni l'ètnia, a no ser que es posés en marxa una campanya frenètica de medició de cranis pagesos de l'Empordà.»**
Aleix Vidal Quadras, PP, 12/01/96, en un text publicat per la Fundació Concòrdia, que deixa la població amb una pregunta als llavis: com pot ser que pugui presidir la Fundació Concòrdia i, al mateix temps, escriure uns textos que hi contribueixen tan poc?

385. **«Podem observar les teories polítiques de Hitler per veure'n les conseqüències. I es pot dir: "Però si els catalans-nacionalistes no tenen**

armes ni desitgen la guerra!" Acceptat. Però només és una diferència de forma, no de fons. El principi del nacionalisme és el mateix en el català-nacionalista que en l'alemany nacional-socialista. Les diferències poden ser degudes a una qüestió de temps.»

Aleix Vidal Quadras, PP, 10/10/94, en un document publicat pel diari Avui, *del qual ell sempre ha negat la paternitat.*

El capità Ibarra ja fa estona que ha deixat de mirar-se Vidal Quadras com un possible enemic. S'ha guanyat la seva confiança. Ara mateix, enllacen una anècdota amb una altra i descobreixen que, a pesar de la distància interplanetària que els separa, són moltes més les coses que els uneixen. Per exemple, el títol honorífic de *Capsigrany de l'Any* que concedeixen les Joventuts Nacionalistes de Catalunya del Vallès Oriental.

El capità Ibarra presumeix d'haver estat el primer *Capsigrany de l'any*, el 1991. De fet, li explica a Vidal Quadras que quan va llegir les bases del premi ja es va adonar que semblava fet a la seva mida. Les JNC buscaven «persones, entitats o organismes que haguessin destacat públicament per la seva actitud o acció de menyspreu o menysteniment envers aspectes que afecten els drets, la llibertat i la identitat nacional de Catalunya». La seva candidatura era realment sòlida i així ho va saber reconèixer el jurat. La llàstima és que no va poder assistir personalment al lliurament del títol. El capità Ibarra mostra la carta que els va enviar. Encara la guarda.

«Muy señores míos:

»No sé si por error de Correos o por mala organización de Vds. su invitación fechada el 10 de abril ha llegado a mi poder el día 24 del presente mes, es decir, la misma fecha en la que Vds. proclaman el título de *Capsigrany de l'any 1991*, motivo por el que me resulta imposible asistir al acto al que tan generosamente me invitan. Lamentablemente en Extremadura no existen líneas aéreas regulares estatales ni puentes aéreos ni autopistas que me permitan subsanar la precipitación de la invitación.

»Me hubiera gustado estar presente en ese acto, en primer lugar para agradecerles su detalle y en segundo lugar, para poder saludar a viejos compañeros con los que codo a codo luché para que, en primer lugar la libertad llegará a nuestro país, y en segundo lugar para que todas las nacionalidades y regiones pudieran utilizar sus símbolos y sus peculiaridades diferenciadas y diferentes.

»Las Juventudes Socialistas Extremeñas no tienen tiempo para dedicarse a esas cosas tan simpáticas que Vds. organizan; están muy atareadas intentando conseguir que esta región cree las condiciones idóneas para que ya, nunca más, nuestros jóvenes extremeños no tengan que salir de su tierra para ganarse la vida. No obstante les haré sabedores de esta iniciativa por si a alguno de ellos les da por perder el tiempo.

Cordialmente.»

Vidal Quadras, en canvi, reconeix una certa decepció perquè, tot i creure personalment que havia fet mèrits més que sobrats, va haver d'esperar fins al 1995 per obtenir la distinció. Abans que ell, hi va haver altres *capsigranys*: Joan Antoni Samaranch, el 1992, per la seva postura contra el Comitè Olímpic de Catalunya; el diari *ABC*, el 1993, no cal dir per què, i José María Aznar, el 1994, «per ser el responsable que Vidal Quadras fos on fos i digués el que digués». Aquí va ser quan més es va desanimar VQ. Va arribar a creure que no li donarien mai el premi. Fins i tot, li va passar pel cap proposar a les JNC que creessin una nova modalitat, la de *Botifler de l'any*, per si s'ajustava més al seu perfil.

Però, com sol succeir, les coses arriben quan un menys s'ho espera. El 1995 deixava de ser l'etern candidat i es convertia en el flamant guanyador del premi. Disgustat pel retard en la concessió, Vidal Quadras no va assistir al seu lliurament ni tan sols es va molestar a escriure'ls unes ratlles. En canvi, sí que va rebre còpia de la carta que el finalista d'aquell any, el president de les Corts Valencianes, Vicent González Lizondo, va enviar a les JNC. La treu de l'arxiu i li mostra només una frase al capità Ibarra.

386. **«Valencia i Catalunya no hem tingut ni volem tindre res que vore.»**
Vicent González Lizondo, Unió Valenciana, 13/02/96.

No està malament. A l'arxiu, també n'ha trobat una d'anterior, la de Luis María Anson, director del diari *ABC*, que es defensava atacant.

«Mis queridos amigos:
»ABC publicó en su día el galardón que nos concedieron: *Capsigrany de l'any 1993*.
»Éste es un periódico liberal que hace siempre juego limpio. Tal vez por eso lamenta más que otros la grave injusticia social que se está cometiendo con los niños catalanes hijos de padres sin recursos económicos y que se ven obligados a enviarlos a colegios públicos, de los que en su inmensa mayoría no van a salir siendo bilingües. Eso significa una grave discriminación y una evidente injusticia social.

Un saludo muy afectuoso.»

El capità Ibarra sembla que no s'ho cregui. Podrien estar-se hores i hores parlant, traient documents, mostrant retalls d'hemeroteca, compartint aquesta obssessió comuna. Però no pot deixar passar més temps abans de comunicar-se amb Madrid. Ha trobat un català que parla el seu mateix idioma. I, de la mateixa manera que n'hi ha un, també pot ser que n'hi hagi més, escampats per tots els racons de la geografia abrupta i rocosa d'aquest *planeta*. Són els primers indicis de vida intel·ligent. El capità Ibarra vol demanar reforços als serveis centrals. El mateix Vidal Quadras s'ofereix per integrar-se a la tripulació. Cal protegir aquests reductes de vida intel·ligent, abans no quedin definitivament enterrats pels impulsos primitius dels alienígenes. La missió continua.

21. PETITES TRAÏCIONS INOPORTUNES

«Preguem per l'erecció de MacArthur.»

Cartell exhibit a Tokyo quan el general MacArthur estudiava presentar-se a les eleccions dels Estats Units.

Amb 13 anys, Santiago Carrillo ja milita a les Joventuts Socialistes. Amb 19, li donen el càrrec de secretari. Amb 21, ja ha fusionat les joventuts socialistes i les comunistes. Amb 22, i en plena Guerra Civil, Carrillo entra al Comitè Central del Partit Comunista d'Espanya (PCE). El seu exili, les seves múltiples identitats, el seu retorn (amb additiu capilar) i els esforços que culminen amb la legalització final del PCE l'acaben convertint en un dels grans símbols de la lluita antifranquista i de la transició democràtica.

Fins que uns quants anys després, el 1986, Santiago Carrillo decideix anar a fer campanya a Barcelona per al seu nou partit, el Partit dels Treballadors d'Espanya (PTE). A Carrillo li toca presentar un company de candidatura que també intervindrà en el míting: es diu Agustí Prats. Carrillo el presenta així:

387. «El camarada *Matías* Prats es un viejo luchador.»

Santiago Carrillo, PTE, 15/06/86.

Entre el públic es fa el silenci. A quin Matías Prats es deu referir Carrillo? Qui es mereix aquest carinyós apel·latiu de camarada: Matías Prats pare o fill? Si és el fill, és estrany que li digui «viejo». I si és el pare, d'acord que se'l pot definir com un «luchador», però a favor de què, concretament? Un home que ha estat la veu del futbol, dels toros, del NO-DO i que era procurador a les Corts franquistes, pot haver compartit alguna lluita amb Santiago Carrillo? Evidentment que no. Carrillo, simplement, acabava de ser víctima d'una d'aquelles petites, i ideològicament inoportunes, traïcions del subconscient.

Qui sí que, inevitablement, deu haver coincidit en moltes lluites amb Santiago Carrillo és Heribert Barrera. L'expresident del Parlament de Catalunya milita a ERC des del 1935. L'històric líder republicà va decidir, un dia, anar a celebrar un acte electoral a la Seu d'Urgell. Som a la campanya per a les eleccions generals del 1982, les que acabaran donant 10 milions de vots i la majoria absoluta als socialistes. Qualsevol sufragi és vital per a l'objectiu que s'ha marcat el partit republicà: tenir representació al Congrés de Madrid. S'ha d'anar a la Seu? Doncs s'hi va. S'ha de parlar? Doncs es parla. I s'acaben dient coses com aquesta:

388. **«El meu país és Catalunya i la meva bandera *l'espanyola.*»**
Heribert Barrera, ERC, 12/10/82.

Instants de desconcert entre els assistents a l'acte. Militants i simpatitzants es miren i es pregunten si, realment, és inevitable renunciar a tantes coses per aconseguir un escó a Madrid. On han quedat els tradicionals postulats independentistes d'Esquerra Republicana? Què se n'ha fet d'aquells principis que semblaven irrenunciables? A què es deu aquesta confusió emocional d'un líder de conviccions tan profundes fins ara?

Doncs es deu a un simple lapsus. Un lapsus que, d'haver-lo sentit, hauria fet molt content Juan Carlos Rodríguez Ibarra. La carrera d'Ibarra també va ser fulgurant: amb 29 anys ja era diputat a Madrid i amb 35, el van fer president de la seva comunitat. És un socialista dels d'abans, un home que, en els moments més difícils, sempre ha lluitat per preservar el bon nom del PSOE. Sempre, o gairebé sempre.

389. **«Hay que acabar con la plaga de los *socia...*»**
Juan Carlos Rodríguez Ibarra, PSOE, 12/10/89, en un míting a Badajoz.

I quan devia veure que s'hi jugava la feina, Ibarra va saber frenar a temps. «Hay que acabar con la plaga de los... señoritos», va rectificar. Això és el que el polític extremeny ja hauria dit d'entrada, si no fos per què el subconscient li havia fet una estranya associació d'idees. Una prova més que ni els oradors més poderosos s'escapen de patir algun mal moment al llarg de la seva carrera.

A vegades, però, una carrera breu no és obstacle perquè el polític vulgui donar mostres de la seva humanitat. És el cas de l'historiador Ricardo de la Cierva, que va ser ministre de Cultura a l'època d'UCD. Apartat de qualsevol càrrec públic des de fa temps, ara es dedica a publicar llibres que diuen coses com aquestes:

«El Parlamento de Cataluña aprobó en 1983 una Ley de Normalización Lingüística cuyo desarrollo me parece netamente anticonstitucional.»

«La política cultural de Convergència y Unió, que ahora gobierna en la Generalidad de Cataluña, no es constitucional ni estatutaria.»

A la vista d'aquestes frases, algú diria que Ricardo de la Cierva té un interès especial a vetllar pel compliment estricte de la Constitució. De fet, més que un historiador, sembla el Tribunal Constitucional en persona. Però només ho sembla. Sempre se li pot recordar un debat al Congrés dels Diputats sobre la llibertat d'expressió. Alfonso Guerra l'acabava d'interpel·lar sobre la censura de la pel·lícula *El crimen de Cuenca*. I així començava la seva resposta el ministre de Cultura.

390. **«Si hiciéramos caso de la Constitución, que no lo hacemos...»**
Ricardo de la Cierva, UCD, 14/05/80.

Als diputats de l'oposició els va quedar un dubte: havien estat una simple traïció del subconscient, les paraules del ministre? La majoria van preferir pensar que sí, que la reforma ja tenia aquestes coses.

22. BONA CUINA

«Tot el que veus ho dec als espaguetis.»

SOFIA LOREN

El món de la gastronomia política va viure moments convulsos el 1977. Es tancava una època —d'anys i anys de *ranxo casernari*— i se n'obria una altra, de menjar a la carta. Els ciutadans volien recuperar el gust per la taula, amb productes nous, receptes espectaculars i salses desconegudes fins a aquell moment.

L'allau inicial de clients —a qui la democràcia havia obert la gana— va fer que els polítics només es dediquessin a servir plats i més plats, sense preocupar-se gaire pel que hi anaven posant. Alguns encara van anar més enllà i es van permetre el luxe de riure's d'altres tradicions culinàries.

391. **«UCD es como la cocina china, que logra vender los malos productos con buenas presentaciones.»**
Manuel Fraga, AP, 23/02/79

Per això, vint anys després, el balanç del període més gran de democràcia culinària que mai ha tingut Espanya és més aviat pobre. Els pocs polítics que han exercit de restauradors no han volgut unir esforços a la cuina i han treballat cadascú pel seu compte. El resultat és una alimentació incompleta i desequilibrada, una dieta difícilment comestible i amb un alt risc d'indigestió. D'aquelles que embafen, però no atipen. Que omplen, però no alimenten.

La pregunta és: què hauria passat si tots els partits haguessin treballat per aconseguir el *consens gastronòmic*? Doncs que n'hauria sortit un *plat de laboratori*, molt semblant al que presentem a continuació, i que és fruit de les vel·leitats culinàries demostrades durant aquest temps per algun dels nostres polítics. La conseqüència és una recepta més pròpia d'altres èpoques, a base d'ous (durs) i xoriços.

ALIANÇA DE LLEGUMS A L'OU DUR DE XORIÇO

Ingredients (per a 40 milions de persones):

CIGRONS

392. **«Dicen que hablamos demasiado de los garbanzos. Será porque los socialistas comen caviar y no como nosotros, que estamos con el pueblo que sigue comiendo garbanzos.»**

Manuel Fraga, AP, 31/05/86, mantenint la seva aposta històrica pels llegums casolans davant de l'enemic rus.

MONGETES

393. **«Yo prefiero las judías a los garbanzos.»**
José María Aznar, PP, 17/10/89, començant a elaborar un missatge més de centre per al seu partit.

UNS QUANTS OUS...

394. **«A mí, en anteriores campañas me tiraban piedras y ladrillos. Ahora sólo tiran huevos. Ya es un avance.»**
Antonio Hernández Mancha, AP, 31/05/87, admirat del valor nutritiu dels ous.

395. **«Felipe está encastillado entre las cuatro paredes de La Moncloa para que no le caiga algún huevo.»**
Antonio Hernández Mancha, AP, 30/05/87, en un nou episodi de la seva obsessió ovípara.

...I UNA BONA COLLA DE XORIÇOS

396. **«En la sociedad española, los chorizos siempre han tenido un cierto éxito.»**
Alfonso Guerra, PSOE, setembre de 1979, ignorant que l'època daurada d'aquest embotit encara havia d'arribar.

397. **«En política hay un montón de chorizos; más que en las cárceles.»**
Pedro Pacheco, Partit Andalusista, 11/10/88.

398. **«El PP no tira sus chorizos, los recicla.»**
Eberhard Grosske, IU a les Illes Balears, 17/05/93, criticant la presentació com a candidat al Senat de Jaume Font, condemnat per frau electoral el 1987.

Elaboració del plat
Primer de tot, s'agafen els xoriços, un embotit que té dos grans avantatges: que tot l'any n'és temporada i que es troba fàcilment a qualsevol lloc. Es tallen els xoriços a trossets ben petitets (un també té dret a recrear-s'hi) i, a continuació, es tiren en un olla a foc viu, acompanyats d'un sofregidet que ja tindrem preparat, amb ceba i tomàquet.

Els xoriços tenen una cosa: es rosteixen molt ràpid. Per tant, aquells cuiners amb un instint de venjança molt desenvolupat han d'estar molt al cas, si no es volen perdre cap detall. Quan ja hem complert el desig de veure el xoriço rostidet, hi afegim una mica d'aigua i deixem que bulli una estona. Tot és a punt per posar-hi l'aliança (certament popular) de cigrons i mongetes, que haurem cuit prèviament, sense oblidar que el cigró té una cocció molt més viva i enèrgica, mentre que la mongeta, pobreta, ella va fent. Tot plegat es deixa a foc lent durant uns deu minuts. Finalment, només queda afegir-hi els ous, que sobretot han de ser durs, per poder sobreviure en un context com aquest, certament carregat.

El plat es pot acompanyar d'unes salses opcionals que han preparat els cuiners.

399. **«Pilar Rahola es repeteix com l'allioli.»**
Joan Miquel Nadal, alcalde de Tarragona per CiU, 16/11/95.

400. **«Felipe González és una llimona espremuda, que ja no els serveix, als grans empresaris.»**
Francesc Frutos, IU, 02/02/96.

També es disposa d'unes postres lleugeres per rebaixar l'alt nivell calòric de la recepta.

401. **«Se nos llama macedonia de frutas, pero no nos preocupa porque son alimentos muy nutritivos. Lo que nos preocuparía es ser una amalgama de productos rancios.»**
Ramón Tamames, IU, 31/05/86.

En fi, que l'Aliança de Llegums a l'Ou Dur de Xoriço ja està llesta per servir. Que tinguin una bona cuina!

23. OBJECTIU AZNAR

«Primero quiso ser torero. Luego, futbolista. Y unos años más tarde, cuando preguntaban: ¿Qué quieres ser?, respondía: ¿Yo? Presidente del Gobierno.»

ELVIRA LÓPEZ, mare de José María Aznar

Madrid, agost del 1989

Benvolgut militant/-a:

Adjunt us fem arribar una biografia no autoritzada de José María Aznar, l'home que, com sabeu, acaba de ser nomenat president interí del Partit Popular (PP) i que, amb tota seguretat, serà el nostre rival a les pròximes eleccions generals del mes d'octubre.

Amb l'esperança que aquestes dades us ajudin a conèixer millor el personatge i, si arriba el cas, a parlar-ne amb propietat, restem com sempre a la vostra disposició.

Atentament,

La direcció del PSOE

Cognoms: Aznar López

Nom: José María Alfredo

Lloc i data de naixement: Madrid, 25 de febrer de 1953. És el petit de quatre germans. El seu pare, Manuel Aznar, era un periodista afí al règim franquista, que va arribar a dirigir la Cadena Ser i Radio Nacional, quan Fraga era el ministre d'Informació i Turisme. El seu avi, Manuel Aznar, va ser biògraf del general Franco.

Estat civil: Casat amb Ana Botella des del 28 d'octubre de 1977. Té tres fills.

Estudis: Llicenciat en Dret per la Universitat Complutense. Posteriorment, va superar les oposicions a inspector financer i tributari.

Antecedents polítics: Va ingressar a Aliança Popular al 1979. Al cap de pocs mesos, ja era secretari general del partit a La Rioja. El 1982 i el 1986 va ser diputat al Congrés. És president de la comunitat autònoma de Castella i Lleó des del juliol de 1987, càrrec que té previst deixar immediatament. (En aquests moments, estem acabant un dossier sobre l'activitat d'Aznar al capdavant d'aquesta comunitat, que us serà enviat el més ràpid possible). El gener d'aquest mateix 1989 va ser elegit vicepresident del PP.

Religió: Catòlic de missa setmanal.

Esports: Paddle, tennis i esquí.

Idiomes: Només es defensa, i mínimament, en francès.

Valors: Exigent, treballador, minuciós, maniàtic de l'ordre, tímid, desconfiat i auster, fins a un punt que, en el terreny gastronòmic, és especialment sorprenent. La seva especialitat és el filet a la planxa, durant una època solia acompanyar els menjars amb Coca Cola i, la nit de nuvis, va preferir brindar amb aigua i no amb la copa de cava que li oferia la seva dona.

Han dit d'ell la gent que el coneix: «Es muy gente corriente, a veces en exceso» (Carlos Aragonés).

«Soporta mal la imbecilidad y se le nota» (Miguel Blesa).

«Acepta a los que quiere como son, por lo que la convivencia familiar es agradable» (Ana Botella).

«No es feminista, pero tampoco un misógino» (Mercedes de la Merced).

Ha dit ell, d'ell mateix: «De joven, las chicas venían a buscarme.»

«Qué voy a pensar yo del desnudismo. Que está muy bien en una jovencita y está bastante peor en una señora de 70 años.»

«Nunca me he fumado un porro.»

Altres: Amb 16 anys va defensar el falangisme, amb un escrit al diari (del qual en tenim còpia a totes les seus del partit) i amb 26, en un altre article periodístic, criticava els que havien retirat la medalla de la vila de Logroño al general Franco.

Evidentment, aquesta carta mai no es va arribar a enviar. Ni tan sols a escriure. El *fair play* habitual del món de la política ho impedeix. Però sí que militants i dirigents del PSOE, a partir d'aquell 1989, es van espavilar pel seu compte per trobar aquestes i altres dades del personatge. Es tractava de reorientar el seu missatge cap a un altre objectiu: l'objectiu Aznar.

28 d'agost de 1989: Aznar és elegit president interí del PP.

«Yo dejaría a Aznar cinco horas diarias de televisión para que aburriera a la gente.»
Joaquín Leguina, PSOE, 16/10/89.

402. **«Aznar és com l'aigua: incolora, inodora i insípida.»**
Josep Maria Sala, PSC, 17/10/89.

403. **«Cuando habla de impuestos, se equivoca. Esa gente de la derecha no es muy lista para la política, pero para llevarse el dinero a casa no tiene precio.»**
Alfonso Guerra, PSOE, 19/10/89.

404. **«Aznar está demasiado crudito para enfrentarse a Felipe González.»**

Txiki Benegas, PSOE, 23/10/89, en una frase que no va deixar Aznar indiferent: «Prefiero estar así a estar podrido, borracho o engolfado de poder como están los socialistas.»

29 d'octubre del 1989:
El PSOE torna a guanyar les eleccions amb majoria absoluta. Aznar salva el seu cap perquè treu un escó més que Fraga.

«Es un líder sin sustancia, que va a durar poco.»
Felipe González, PSOE, 11/05/91.

405. **«Habla por televisión con tristeza, como si recitara una letanía. Si le doy caña, con lo triste que está, Aznar se va a caer. Hay que aguantarle un poco.»**
Alfonso Guerra, PSOE, 11/05/91.

28 de maig del 1991:
el PSOE perd, a les eleccions municipals, algunes alcaldies importants, com Madrid, València o Sevilla.

406. **«Aznar tiene más bigotes que ideas.»**
Txiki Benegas, PSOE, 02/05/93.

407. **«Es el exponente de esa derecha que sólo se acerca a las urnas para romperlas.»**
Alfonso Guerra, PSOE, 03/05/93.

408. **«No quiero decir que sea un robot, pero sí un ventrílocuo. Hay una gente que dice lo que tiene que hacer en este país, la CEOE.»**
Javier Solana, PSOE, 09/05/93.

409. **«Utiliza un saluda parecido al fascista, que no es otra cosa que un guiño a la extrema derecha.»**
Alfonso Guerra, PSOE, 15/05/93.

410. **«Aznar parece una muñeca Barbie bien maquillada, que no mueve el bigote cuando habla para que no se le note que miente.»**
Juan Carlos Rodríguez Ibarra, PSOE, 24/05/93.

411. **«Otro, con un sombrero de tres picos y un bigote parecido, quiso acabar con la democracia.»**
Alfonso Guerra, PSOE, 24/05/93.

412. **«Le han puesto una ficha y está robotizado.»**
Felipe González, PSOE, 25/05/93.

413. **«Aznar es como una estatua hueca.»**
Carlos Solchaga, PSOE, 26/05/93.

414. **«La verdad es que un poco de miedo sí que da ver la sonrisa de hiena de Aznar. A mi, por lo menos, me corre un frío por la espalda.»**
Alfonso Guerra, PSOE, 29/05/93.

6 de juny de 1993: Quan ja s'ho veia tot guanyat, José María Aznar perd les eleccions generals. La Moncloa encara haurà d'esperar.

415. **«Aznar es un inmaduro y un fanfarrón.»**
Juan Carlos Rodríguez Ibarra, PSOE, 06/06/93, exultant perquè els socialistes havien guanyat les eleccions. Aquell dia, un Ibarra eufòric també va voler tenir un record per a altres persones, com els periodistes Luis María Anson, Pedro J. Ramírez, Pilar Urbano, Jaime Capmany, Antonio Burgos, José María Carrascal, Encarna Sánchez, Antonio Herrero i Jesús Cacho. «Si fueran decentes, que no lo son, presentarían su dimisión.»

19 d'abril de 1994: José María Aznar pronuncia, des de la tribuna del Congrés, la històrica frase: «Váyase, señor González.»

416. **«Lo que le interesa es que se vaya Felipe para que venga uno de segunda, que tenga la misma talla de ese cretino.»**
Juan Carlos Rodríguez Ibarra, PSOE, 23/04/94.

417. **«Aznar se repite como el bolero de Ravel; eso sí, en fa menor.»**
Alfredo Pérez Rubalcaba, PSOE, 06/05/94.

418. **«El PP es un híbrido entre la Falange y el Opus Dei, y Aznar está entre Onésimo Redondo y San Monseñor.»**
Alfonso Guerra, PSOE, 29/05/94.

12 de juny de 1994: El PP guanya les eleccions europees.

19 d'abril de 1995: Atemptat amb cotxe-bomba contra José María Aznar, atribuït al comando Madrid d'ETA. El blindatge de l'automòbil salva la vida a Aznar i als seus escoltes.

419. **«Lo que no mata, engorda.»**
Juan Carlos Rodríguez Ibarra, PSOE, 25/04/95, constatant l'augment de popularitat d'Aznar després de l'atemptat, en unes declaracions que van ser criticades pels seus propis companys de partit.

420. **«Le pasa como a las calcomanías: rascas, rascas, pero debajo no hay nada.»**
José Bono, PSOE, 15/05/95.

421. **«Aznar es un globo de gas con escapes por todas partes.»**
Txiki Benegas, PSOE, 18/05/95.

28 de maig de 1995: Victòria del PP a les eleccions municipals i autonòmiques.

422. **«Si gobierna** [Aznar], **aportará el mismo dinero para las clases de equitación del nieto de Botín que para la escuela pública.»**
Joaquín Almunia, PSOE, 17/02/96.

423. **«Aznar no tiene cintura, es de esos delanteros bajitos oportunistas, pero sin ideas.»**
Joaquín Leguina, PSOE, 20/02/96.

3 de març del 1996: José María Aznar guanya les eleccions generals i, gràcies al pacte amb nacionalistes catalans i bascos, succeeix Felipe González a La Moncloa.

24. FESTA MAJOR

«Per fi, s'han acabat les festes.
Quin descans!»

MONTSERRAT ROIG

Des de fa uns quants anys, el 6 de desembre és festa. Aquell dia es commemora l'aprovació definitiva de la Constitució espanyola, l'any 1978. Mai es podrà agrair prou als *pares de la Constitució* que tinguessin l'olfacte polític de celebrar el referèndum constitucional just dos dies abans de la festa de la Puríssima. Amb un pont tan temptador, les classes benestants —que tradicionalment havien simpatitzat amb el règim del general Franco— no es podien negar a la causa democràtica.

Però, a vegades, el que és bo per a uns quants, no ho és tant per a la col·lectivitat. I, 20 anys després, Espanya continua sense una autèntica Festa Major de la democràcia. Una diada realment participativa, que combini aspectes lúdics i reivindicatius, i que reafirmi el conjunt dels ciutadans com a membres d'una mateixa comunitat democràtica; un dia que la gent surti al carrer, tal com hi sortirien per la festa del seu poble o del seu barri.

Si l'objectiu de tenir una gran festa de la democràcia, segurament que trobaria un consens força generalitzat entre les diferents forces polítiques, no passa el mateix amb el dia que s'hauria d'elegir per celebrar-la. El 6 de desembre ja s'ha vist que a qui beneficia, més que a la democràcia, és als propietaris d'estacions d'esquí i al sector turístic de muntanya, en general. Per tant, cal buscar alguna altra data al calendari.

Una primera possibilitat és el 15 de juny, l'aniversari de les primeres eleccions democràtiques de 1977. Però quin problema hi ha? Doncs que només les va guanyar un partit (UCD) i les van perdre tots els altres. I institucionalitzar la celebració de les derrotes, queda molt català. Per motius semblants, es poden descartar altres jornades electorals importants, com el 28 d'octubre del 1982 (primera victòria socialista), o el 3 de març del 1996 (primera victòria de la dreta).

Hi ha, però, algunes dates que també han contribuït poderosament a la creació d'una consciència democràtica a Espanya, i que possiblement no estan tan marcades políticament. A continuació, se'n relacionen algunes:

18 de març

Tal dia com aquest de 1995, la Monarquia —la institució que tant ha fet per la jove democràcia espanyola— es treu un maldecap de sobre i casa la seva primera infanta, Elena de Borbó, amb Jaime de Marichalar.

3 d'abril
Un 3 d'abril del 1988, l'Exèrcit de l'Aire demostra la seva submissió total al poder polític cedint un avió Mystere al vicepresident del Govern, Alfonso Guerra, per què es pugui saltar unes retencions de trànsit.

3 de maig
Els ministres espanyols deixen de ser uns personatges intocables per a la resta de ciutadans. José María Ruiz Mateos ho demostra, amb el puny alçat, a Miguel Boyer. Era un 3 de maig del 1989.

9 de maig
Un senador socialista patenta, aquell dia del 1991, un invent que revolucionarà la democràcia espanyola: votar amb els peus deixa de ser una utopia. Ell mateix demostra que és possible en una sessió del Senat.

29 de maig
La desocupació deixa de ser patrimoni exclusiu d'uns quants i es converteix en un bé cada vegada més estès entre la població. Aquell dia de 1978 es registra l'aturat un milió.

30 de maig
Conscients que una imatge és millor que mil paraules, Espanya decideix oferir al món una prova de les seves transformaciones democràtiques: un 30 de maig del 1979 es presenta Naranjito, que serà la simpàtica mascota del Mundial 82.

29 de juliol
Tal dia com avui del 1982, es fa un pas decisiu en la correcció dels desequilibris territorials i en la recerca d'una concòrdia autonòmica gran i lliure: s'aprova la LOAPA. (De celebració exclusiva per a Catalunya.)

31 d'octubre
La regeneració democràtica arriba a la Guàrdia Civil un 31 d'octubre del 1986. Per primera vegada, la Benemèrita la dirigirà un civil, i no un militar. Es diu Luis Roldán i diu que té no sé quantes carreres universitàries.

21 de desembre
Espanya aprofita un partit de futbol per estrènyer els vincles econòmics i d'amistat amb altres països europeus, concretament amb Malta (12-1). Era un 21 de desembre del 1983.

A primera vista, sembla que qualsevol d'aquestes dates és encertada per celebrar la festa gran que li falta a la democràcia espanyola. Segurament que n'hi ha d'altres, de tant o més idònies. Al capdavall, no importa tant el dia, com saber-la dotar d'un contingut autèntic. Aquest és un possible programa d'actes, elaborat amb idees que cada polític ha anat proposant pel seu compte, durant aquests anys.

EL PREGÓ (ESPESSET)

424. **«És ben conegut que Felipe González i Miquel Roca no es creuen res del que diuen i que, per a ells, el discurs no és un intent d'aproximació intel·lectiva a la realitat, sinó una hàbil cadena de fintes verbals per situar-se avantatjosament al joc epidèrmic de la cadena electoral.»**

Aleix Vidal Quadras, PP, octubre del 1993, amb el seu estil inconfusible.

LA CONFERÈNCIA HISTÒRICA

425. **«Allò que demanaven el milió de persones que es va manifestar a Barcelona l'any 1977 era un subsistema descentralitzat. Castella, que no és una autonomia històrica, ha demanat el mateix i això és positiu.»**

Josep Borrell, PSC, 22/09/84, escoltant el clam unànime del poble català: «Som un subsistema descentralitzat.»

LES NOVES TRADICIONS

426. **«Hemos sido muy respetuosos con Roca desde 1986. No he oído a ningún socialista que haya subido a la tribuna para recordarle que no ha habido en la historia europea un fracaso más estrepitoso que el que él protagonizó con el PRD.»**

Felipe González, PSOE, 09/10/89, tenint el goig de ser el primer socialista que puja a la tribuna per recordar a Roca que no hi ha hagut a la història europea un fracàs més estrepitós que el que ell va protagonitzar amb el PRD.

L'HUMOR

427. **«En el programa electoral del PSOE hasta la rosa es falsa. Todo el mundo sabe que no se puede apretar en un puño una rosa de verdad, porque hace sangre con las espinas.»**

Leopoldo Calvo Sotelo, UCD, febrer del 1979.

428. **«El PSOE siempre nos ha echado una mano, pero al cuello o a un órgano vital del cuerpo humano.»**

Rafael Calvo Ortega, CDS, 21/05/93.

L'ESPECTACLE DE VARIETATS

429. **«Anguita sí habla con las tripas, pero Felipe lo hace con la vesícula biliar.»**

Felipe Alcaraz, IU, 03/06/93.

EL DRET D'ADMISSIÓ

430. **«Los universitarios no tienen derecho prácticamente a nada; nada más que a estudiar y a trabajar, y a dar gracias a la sociedad que les está pagando una carrera. El derecho a la diversión corresponde, en todo caso, a los albañiles, jornaleros y peones que están toda la semana trabajando.»**

Juan Carlos Rodríguez Ibarra, PSOE, 26/10/91, després que a Cáceres hi hagués incidents per avançar l'horari de tancament dels bars.

EL CINE (CICLE GERMANS MARX)

431. **«Si ganamos las elecciones, ilegalizaremos a todos los partidos, incluso el nuestro.»**

Blas Piñar, FN, 05/10/82, en una mostra d'igualitarisme surrealista.

ELS VERSOTS SATÍRICS

432. **«En los colegios mandan los niños, en las cárceles los presos, en los manicomios los locos y, lo que es peor, en España manda la UCD.»**

Antoni de Senillosa, Coalició Democràtica, febrer del 1979.

EL BALL

433. **«La política del PSOE és com la *yenka*: endavant a la campanya, endarrera els altres**

quatre anys, a l'esquerra la pròxima campanya i a la dreta, quatre anys més.»
Alfred Clemente, CCOO, 30/05/87.

434. **«Guerra y González parecen el Dúo Dinámico bailando la lambada.»**
Luis Ramallo, PP, 23/10/89.

LA BARALLA, DESPRÉS DEL BALL
435. **«Vamos a desembarazarnos de tanto señorito y tanto chulo que se ha enriquecido ilícitamente a cuenta del trabajo de los demás.»**
José María Aznar, PP, 22/05/93, amenaçant els seus rivals socialistes.

LA RESSACA
436. **«Yo estoy muy tranquilo, pero no embriagado de vino, porque no bebo; ni de poder, porque no lo tengo, ni consumo lo que probablemente consumen otros.»**
Gerardo Iglesias, IU, 12/06/86, després que Alfonso Guerra i Felipe González l'acusessin d'arribar massa carregat als actes.

437. **«Hay determinados secretarios de estado que, pese a su pose de moral victoriana, esnifan coca.»**
Ramón Tamames, IU, 01/06/87, en una acusació dirigida a Luis Yáñez, secretari d'Estat de Cooperació Internacional.

I LA TRACA FINAL

438. **«Són una colla de ximples, perquè es passen el dia tirant-se els morts a la cara.»**

Jordi Pujol, CiU, 28/01/96, en una frase dirigida a socialistes i populars, que va causar més d'un maldecap a l'hora de traduir-la al castellà. No era el primer problema d'aquest tipus, amb declaracions de Pujol. Quan va dir que «el PP és el papu *de Catalunya», Telemadrid va fer-ne una ràpida versió castellana: «El PP es el* Papa *de Catalunya.»*

25. LES 1.000 I UNA GUERRES

«Guerra nunca inicia una agresión sin que nadie le haya incitado. Sólo responde.»

FELIPE GONZÁLEZ

O amb ell o contra ell. Alfonso Guerra no deixa ningú indiferent. Hi hauria gent disposada a seguir-lo fins a la mort i altres, que més que seguir-lo, l'hi empenyerien directament. Però seguidors i detractors coincideixen a reconèixer una gran virtut d'aquest polític socialista: té un cognom (Guerra) que fa justícia al seu esperit combatiu. I això que, aparentment, pot semblar ridícul, no ho és tant. Hi ha molts pocs polítics que puguin dir el mateix.

Agafem un altre nom a l'atzar: Landelino Lavilla, per exemple. Estem parlant d'un home que, amb la UCD, va arribar a ser president del Congrés dels Diputats. Deixant de banda que amb el nom (Landelino) ja no tingués una sort excessiva, es pot dir que Lavilla sigui un cognom que faci especial justícia a la manera de ser d'aquest polític centrista? El cas del Guerra està claríssim, però el del Lavilla —com tants altres— és terreny abonat per a la discussió. Uns diran que sí, que li fa justícia, i altres que no.

Però la perfecta definició que el cognom (Guerra) fa dels objectius vitals del personatge no deixa de ser un capítol més d'una carrera certament prodigiosa. Als 9 anys, quan tots els nens tenen les sabates foradades de tant jugar a futbol, ell es perforava els colzes del jersei llegint el filòsof vigatà Jaume Balmes, famós a la seva ciutat natal per tenir-hi un parc i, a Barcelona, per ser el propietari d'un carrer molt llarg i cèntric.

Més endavant, als 14 anys, quan els nens, armats amb un pot de Clearasil, declaren la guerra als grans, ell ja s'havia llegit l'obra sencera de Lope de Vega. Tanta precocitat havia de tenir una recompensa. Felipe González hi posaria la cara i ell, la creu. Els socialistes, la rosa i ell, les espines. Al col·legi, era el primer de la classe. En política, va preferir que tothom pensés que només era el segon.

Una altra de les seves aficions juvenils a Sevilla va ser el teatre. Alfonso Guerra va dirigir dos grups, Primera Hora i Esperpento. A jutjar per alguns episodis de la seva carrera política, sembla que va ser aquesta segona formació la que el va acabar influint de forma més poderosa. Un domini de l'escena considerable, un llenguatge notablement colorista i la seva entrega total no van impedir l'encasellament de Guerra en el personatge de dolent de l'obra, un paper que —tot s'ha de dir— ell interpretava gustosament.

A les entrevistes, li agradava potenciar una imatge pretesament intel·lectual i, per això, citava Antonio Machado, Gustav Mahler o altres intel·lectuals. Per Nadal, s'apartava de la felicitació clàssica —«Bon Nadal i Feliç Any Nou us desitja el vostre amic Alfonso Guerra»— i també optava per la cita. Almenys així ho va fer el Nadal del 1990, quan només faltaven dies per a la seva dimissió com a vicepresident del Govern: «Ésta ha sido mi vida. La he hallado digna de vivirse y con gusto volvería a vivirla si se me ofreciese la oportunidad», que va dir el filòsof britànic Bertrand Russell.

Però llavors arribava als mítings i la gent li deia: «Alfonso, dales caña.» I, si li demanaven canya, què havia de fer ell, un fill de família nombrosa a qui havien inculcat un sentit de l'obediència tan estricte? Doncs, complir amb el que li demanaven. Ni més ni menys.

Els pares d'Alfonso Guerra van tenir tretze fills. Ell és l'onzè. El dotzè es diu Juan. Juan Guerra. El germà. El germaníssim. L'home que, amb una actuació breu però contundent, va arruinar la carrera escènica del seu germà. Aleshores, quan havia caigut en desgràcia i tothom el criticava, Miquel Roca va dir-li a Alfonso Guerra allò de: «Usted es ahora víctima de su forma de hacer política.»

Una forma de fer política que l'ha fet entrar en mil i una guerres. Perquè ell no parla; dispara. De la seva boca, en surten bales precises, que apunten cap a qualsevol objectiu que es mogui. De fet, ell ja ho va advertir: «El que es mou no surt a la foto.» O hi surt mogut. Per l'impacte causat, algunes de les bales disparades per Alfonso Guerra ocupen capítols anteriors d'aquest mateix llibre. Unes altres es recullen a continuació, en forma d'intercanvi de trets amb alguns dels seus principals rivals durant aquests 20 anys.

439. Alfonso Guerra: **«Algunos se preguntan si será el momento de que el general Pavía entre a caballo en el Parlamento y lo disuelva. Yo me pregunto si el actual presidente** [Adolfo Suárez] **no se subiría a la grupa de ese caballo.»** (1978)

440. Adolfo Suárez: **«Ocurre que Guerra, que había dicho que yo entraría en el Congreso en el caballo de Pavía, no sabe, de tanto que se escondió, si Tejero entró en el hemiciclo a caballo o en autobús.»** (08/06/86)

441. Alfonso Guerra: **«Suárez regenta la Moncloa como una güisquería.»** (1979)

442. Adolfo Suárez: **«Alfonso Guerra ha llegado a vicepresidente del Gobierno, pero nadie ha logrado hacer de él un caballero.»** (1986)

443. Alfonso Guerra: **«Suárez es como un tahúr del Mississipi con chaleco floreado.»** (febrer de 1980)

Adolfo Suárez: **«El señor Guerra miente tanto que la lengua, que es como la nariz de Pinocho, no le va a caber en la boca.»** (05/06/87)

444. Alfonso Guerra: **«Habría que conservar a Fraga en un frasco con formol como ejemplo atípico de ser humano.»** (18/06/86)

445. Manuel Fraga: **«Los oradores socialistas se dividen en maleducados, supermaleducados y Alfonso Guerra.»** (04/06/87)

446. Alfonso Guerra: **«Fraga no puede perder el control de su cerebro, porque no tiene. Sólo dispone de tripas colocadas en el cerebro.»** (Desembre de 1990)

447. Manuel Fraga: **«Guerra es el ayatolá de las injurias.»** (06/06/87)

448. Alfonso Guerra: **«El coche más viejo que hay en Sevilla es el mío, un R-12 de 1977 que aún conservo.»** (17/10/89)

449. Manuel Fraga: **«Guerra es un personaje despreciable, que haría muy bien en seguir el viejo ejemplo evangélico de llorar por su partido y por sus hijos y dejar en paz a los demás que no necesitamos sus consejos.»** (Octubre de 1989)

450. Alfonso Guerra: **«La oposición no puede hacer lecturas, porque no lee. Es iletrada por naturaleza.»** (29/11/90)

451. Manuel Fraga: **«Señor Guerra, una vez liberado de las tareas del gobierno, deje de hacer el histriónico, el psicofántico y el bufón.»** (13/05/91)

452. Alfonso Guerra: **«Los miembros del gobierno canario son unos parásitos zánganos.»** (16/10/89)

453. Lorenzo Olarte (Coalició Canària): **«Guerra está corriendo el peligro de morderse su lengua viperina y morir envenenado.»** (16/10/89)

454. Alfonso Guerra: **«Gerardo Iglesias me parece que llega demasiado cargado a algunos actos políticos. (...) A partir de las seis de la tarde, ya no articula bien las palabras.»** (12/06/86)

455. Gerardo Iglesias (IU): **«Guerra es un auténtico miserable.»** (12/06/86)

456. Alfonso Guerra: **«Si a Roca le hubieran puesto serio, igual engañaba a alguien, pero con esa sonrisa de hipócrita, va arreglado.»** (1986)

457. Miquel Roca: **«Si els europeus coneguessin Alfonso Guerra, no ens deixarien entrar a Europa.»** (01/06/89)

458. Alfonso Guerra: **«Yo tengo un amigo que me dice que la Thatcher en vez de desodorante se echa tres en uno.»** (13/10/82)

459. Antonio Hernández Mancha (AP): **«Paso del Guerra. Soy pacifista.»** (26/05/87)

Alfonso Guerra: **«La verdad es que un poco de miedo sí que da ver la sonrisa de hiena de Aznar. A mí, por lo menos, me corre un frío por la espalda.»** (29/05/93)

460. Carlos Robles Piquer (PP): **«Guerra es una palabrota encarnada.»** (30/05/94)

Alfonso Guerra: **«El PP está integrado por jóvenes joséantonianos trufados con alguna monja alférez.»** (1990)

461. Luis Ramallo (PP): **«Guerra es un payaso y un mono.»** (08/06/94)

462. Alfonso Guerra: **«Esta señora** [Mercedes de la Merced] **tiene el corazón negro y de piedra, y lleva el bolso lleno de cruces gamadas.»** (07/06/94)

463. Javier Arenas (PP): **«El discurso de Guerra es cutre y antiguo. Parece que sea del PP porque nos favorece.»** (22/05/93)

464. Alfonso Guerra: **«Cuando un señor como ese que acaban de detener en Frankfurt** [Ruiz Mateos], **hace un agujero económico de 250.000 millones y pone en peligro a 55.000 trabajadores, los socialistas lo expropiamos, lo detenemos y lo procesamos. Aquí, en Catalunya, cuando un señor hace un agujero de las mismas dimensiones en Banca Catalana, lo proponen como candidato a la presidencia de la Generalitat.»** (26/04/84)

465. Luis Ramallo (PP): **«Guerra es el sumo sacerdote de la corrupción en España.»** (06/01/92)

466. Alfonso Guerra: **«Rahola asiste a todas las comisiones de investigación parlamentarias y después lo cuenta en la tele y cobra por ello. Eso se llama corrupción.»** (29/05/94)

467. Pilar Rahola: **«Guerra es el rey de la palabra sucia.»** (30/05/94)

468. Alfonso Guerra: **«Pérez Llorca da la talla rastrera de ministro y es el más mentiroso del Gabinete.»** (1980)

469. Óscar Alzaga (Unión Liberal): **«¿Por qué aquí tenemos que ser el único país de Europa con un vicepresidente con lenguaje de carretero?»** (13/06/86)

Alfonso Guerra: **«Soledad Becerril es Carlos II vestido de Mariquita Pérez.»** (1983)

Pío Cabanillas (UCD): **«Alfonso Guerra, según manifestó, entiende de cine y por eso creo que su partido lo utiliza para efectos especiales, tumultos verbales, gestos catastróficos y piruetas mentales.»** (16/02/79)

Alfonso Guerra: **«José Meliá es un consumidor de Piensos Sanders.»** (1980)

470. Ignacio Gallego (PCPE): **«Guerra cuelga sambenitos al lucero del alba.»** (06/06/87)

471. Alfonso Guerra: **«El grupo de ineptos más importantes que hay en este país se llama UCD, Unión de Caciques Disfrazados.»** (Març de 1982)

472. Pedro Pacheco (Partit Andalusista): **«Guerra es un soplapollas.»**

Alfonso Guerra: **«El PP es un híbrido entre la Falange y el Opus Dei, y Aznar está entre Onésimo Redondo y San Monseñor.»** (29/05/94)

473. Francisco Álvarez Cascos (PP): **«Guerra es un espantavotos zafio y ordinario.»** (19/05/91)

474. Alfonso Guerra, després que el Ministeri de Cultura d'UCD prohibís celebrar mítings als poliesportius de l'Estat: **«A UCD esta medida no le afecta porque para sus mitines le es suficiente un taxi. O, a lo sumo, un autobús.»** (06/02/79)

475. Agustín Rodríguez Sahagún (CDS): **«Si Suárez hubiera sido un reaccionario, Guerra**

seguiría haciendo teatro experimental en Sevilla, y no teatro esperpéntico en La Moncloa.» (11/06/86)

Alfonso Guerra: **«Calvo Sotelo es tan soso que haría de marmolillo en una calle peatonal.»** (1980)

Eduard Punset (CDS): **«No em poso amb el Guerra perquè em fa por.»** (08/06/87)

476. Alfonso Guerra: **«Martín Villa es un señor de León experto en represión. La Constitución le suena como si fuera un tebeo.»** (Febrer de 1980)

477. Manuel Fraga: **«Cada vez que Guerra abre la boca le quita cien mil votos al PSOE.»** (06/06/86)

478. Alfonso Guerra: **«El PNV tiene un fanatismo semejante al de Jomeini.»** (1983)

479. Salvador Pérez Bueno (Partit Andalusista): **«Guerra es un desequilibrado y un vulgar cuatrero de la política.»** (14/05/91)

480. Alfonso Guerra: **«Herrero de Miñón es el repelente niño Vicente.»** (1980)

481. Luis Ramallo (PP): **«Guerra tiene perturbadas las facultades mentales. Nos remitimos a las cosas que dice.»** (06/01/92)

482. Alfonso Guerra: **«Cuando la derecha española se ha crecido y ha empezado a insultar impunemente a los diputados, a los representantes públicos, en España ha habido una historia muy dramática y eso hay que cortarlo.»** (15/11/91)

483. Enrique Fernández Miranda (PP): **«No promoveremos ninguna iniciativa parlamentaria contra Alfonso Guerra, el mayor insultador de la vida política nacional, porque la locura es una eximente.»** (15/11/91)

ÚLTIMES PARAULES

Alfonso Guerra no està d'acord amb moltes de les acusacions que li ha formulat l'oposició. L'exvicepresident socialista tem que els ciutadans s'enduguin una imatge errònia de la seva persona. Per això, s'ha sotmès a més d'una sessió pública d'autoanàlisi. Les principals conclusions formen un testament polític certament peculiar.

484. **«Soy uno de los últimos románticos que pasean por el mundo.»**

485. **«Soy agresivo para superar la timidez.»**

486. **«Yo hablo como el tío de la calle, como se habla en los bares.»**

487. **«Pero yo no insulto; analizo.»**

488. **«Cuando he dicho cosas fuertes, ha habido miles de personas que se han escandalizado y millones que estaban de acuerdo. (...) Pienso que alguna utilidad habrá tenido mi manera de ser.»**

26. BREU DICCIONARI D'INSULTS DEMOCRÀTICS

«Quan insulten, els polítics no saben el que diuen;
això fa sospitar que quan actuen, tampoc.»

PANCRACIO CELDRÁN,
autor del llibre
Inventario general de insultos

Aficionats a la política, amants de la llengua, estudiosos del comportament humà i psiquiatres, en general, trobaran en aquest *Breu diccionari d'insults democràtics* un valuós instrument per conèixer millor la personalitat d'alguns dels nostres representants públics.

El manual recull unes quantes de les principals injúries formulades durant aquests 20 anys i en manté, sempre que s'ha cregut necessari, l'idioma original amb què van ser pronunciades.

El diccionari, el primer d'aquestes característiques que surt al mercat a casa nostra, no només data l'origen, sinó que elabora hipòtesis per explicar el sentit autèntic de prop d'un centenar de mots i d'expressions absolutament cabdals en la història de l'exabrupte català i espanyol.

AIATOLÀ DE LES INJÚRIES: Líder espiritual de la insolència, adorat per una legió de fanàtics integristes.
«Hablar de pactos post-electorales sólo sirve para que se divierta el ayatolá de las injurias, que es Alfonso Guerra.»
Manuel Fraga, AP, 06/06/87.

ALCAVOTS DE L'EXECUTIU: Persones ja granadetes, algunes d'elles amb barba i tot, que es guanyen la vida encobrint les baixes passions d'un aparell extremadament promiscu: el de l'Estat.
«Los gobernadores civiles son un poco los chivatos o alcahuetes del Ejecutivo.»
Xabier Arzalluz, PNB, 06/12/94.

AUTISTA: Líder polític que comparteix inicials amb Forrest Gump i a qui sovint se li ha diagnosticat un excés de vida interior.
«Felipe González ha dejado de ser flautista para ser autista.»
Antonio Romero, IU, 16/06/94.

BABÓS: Persona afectada per un mal habitual entre la classe política: l'excés de secreció salival.
489. **«Curiel babea y miente como un miserable.»**
Julio Anguita, IU, 04/12/88, després que Enrique Curiel abandonés el PCE.

490. **«Es un enano, un feo y un baboso.»**
Juan Hormaechea, president de Cantàbria, a l'alcalde pedani de Cabárceno, Juan Sarabia.

«BOCAZAS»: Persona que malgasta la capacitat humana d'articular els pensaments per mitjà de la paraula.
491. **«Mirin, Vidal Quadras és el que es coneix en castellà com un "bocazas", amb un llenguatge barroc i florit, però un "bocazas".»**
Jordi Pujol, CiU, 17/05/96, després que Vidal Quadras s'hagués queixat que l'ajust pressupostari de la Generalitat era insuficient.

BOIG: Tripulant habitual d'una Zodiac a Deià (Mallorca) que, un bon dia, va perdre el seu càrrec polític i, pel que es veu, també la raó.
492. **«Quan Mercedes de la Merced es referia a un boig, potser pensava en Narcís Serra.»**
Joan Manuel Fabra, PP, maig del 94, després que la diputada popular Mercedes de la Merced insinués que en el futur qualsevol boig podria presidir la Generalitat.

BRUIXA: Política d'esperit tan obert i dialogant, que és capaç de pactar amb el diable.
«Celia Villalobos es la bruja mala de la derecha.»
Antonio Romero, IU, 24/05/95.

CADÀVER SENSE ENTERRAR Polític de cos aparentment inert, a qui no es pot donar sepultura perquè encara conserva una certa vivor a la llengua.
«Alfonso Guerra es un cadáver sin enterrar.»
Federico Trillo, PP, 06/11/90.

CANDIDAT DELS «GORRONS»: Líder polític que s'ha beneficiat d'un parasitisme social encobert.
493. **«No votéis al candidato de los gorrones, Manuel Chaves, ya que el PP tiene la obligación de quitar de en medio a todos los gorrones que hay en la Junta de Andalucía.»**
José María Aznar, PP, 17/06/90.

«CANTAMAÑANAS»: Polític que, seguint pautes de comportament més pròpies d'un gall, deixa sentir la seva molesta veu des de primeres hores del matí.
494. **«Ibarra es un cantamañanas y un político de izquierdas de boquilla. A la hora de la verdad, cuando Felipe da dos puñetazos en la ejecutiva socialista, se esconde debajo de la mesa y dice "sí, bwana".»**
Antonio Romero, IU, 19/07/94.

CARADURA: Persona que, gràcies a la seva activitat política, té el rostre cada vegada més consistent i insensible.

495. **«Señor Borrell, es usted un caradura.»**
Teresa Esteban, diputada del PP, 08/05/91, en un debat al Congrés dels Diputats.

CARRONYER SENSE ESCRÚPOLS: Polític que, sense la més mínima inquietud moral, ha inclòs els cadàvers dels rivals en la seva dieta alimentària.
496. **«Guerra es un carroñero sin escrúpulos, que ha demostrado poca categoría humana.»**
Antonio Romero, IU, 31/05/93.

«CHARLATÁN DE FERIA»: Persona que, amb el pas dels anys, ha substituït un discurs més ideologitzat, de Karl Marx i Pablo Iglesias, per un altre de caire més popular, que podríem situar entre el Perrito Piloto i la Chochona.
497. **«González me pareció un charlatán de feria.»**
Cristina Almeida, IU, 25/05/93, després d'un debat electoral televisiu entre Felipe González i José María Aznar.

COVARD (I CORRUPTE): Persona poc gallarda, que no ha tingut valor per sucumbir a les temptacions més baixes de l'espècie humana.
498. **«Guerra es un cobarde y un corrupto.»**
Javier Arenas, PP, 08/06/94.

CRETÍ: Polític que ha fet fora del Govern aquells que tant l'havien ridiculitzat.

«Lo que le interesa a Aznar es que se vaya Felipe para que venga uno de segunda que tenga la misma talla de ese cretino.»
Juan Carlos Rodríguez Ibarra, PSOE, 23/04/94.

DESCAMISATS: Persones que militen en un partit que valora molt més la riquesa moral que no pas l'ostentació en les vestimentes.
499. **«Son todos unos descamisados.»**
Alfonso Guerra, PSOE, referint-se als seus companys de partit, en una frase que, amb els anys, es va reaprofitar per un titular de premsa: «Juan Guerra, un descamisado que se forra.»

DESEQUILIBRAT: Persona que a pesar —o precisament— per la seva dedicació a la política es troba mancada d'una distribució ben ponderada de les seves qualitats espirituals.
«Guerra es un desequilibrado y un vulgar cuatrero de la política.»
Salvador Pérez Bueno, Partit Andalusista, 14/05/91.

DISMINUÏT PSÍQUIC: Qualitat que hom tendeix sempre a projectar cap als rivals.
«Blanco es un disminuido psíquico que explica jaimitadas.»
Juan Hormaechea, president de Cantàbria, referint-se al líder socialista en aquella comunitat, Jaime Blanco.

EFEMINATS DE DRETES: Polítics d'ideologia conservadora que, lamentablement, han perdut l'energia baronívola que sempre ha caracteritzat la dreta.

«Son unos afeminados de derechas.»

Alfonso Guerra, PSOE, setembre de 1983.

ERROR HISTÒRIC: Equivocació de conseqüències irreparables (especialment per als partits de l'oposició).

500. **«Vostè, senyor Pujol, no és que cometi errors, és que vostè és un error. Un error històric, no sé de quina dimensió, però un error.»**

Antoni Gutiérrez Díaz, PSUC, setembre de 1983, després de l'afer Banca Catalana.

ESPANTAVOTS: Ninot parlant que, coincidint amb compromisos electorals, es passeja per les principals ciutats espanyoles, allunyant la gent de les urnes.

«Guerra es un espantavotos zafio y ordinario.»

Francisco Álvarez Cascos, PP, 19/05/91.

ESPÈCIE DE REINA MARE: Figura decorativa destinada a embellir (i/o envellir) l'espai que protocol·làriament ocupa.

501. **«Señor Tierno, es usted como una especie de Reina Madre en el Ayuntamiento.»**

José María Álvarez del Manzano, UCD, 1982, acusant l'alcalde de Madrid, Enrique Tierno Galván, de no intervenir en els problemes.

ESTÓMAC AGRAÏT: Militar d'àmplia i reconeguda capacitat digestiva, que sap correspondre amb gratitud als favors rebuts.

502. **«Sáenz de Santamaría es un estómago agradecido, que está en la nómina del Ministerio del Interior.»**

Francisco Álvarez Cascos, PP, 26/01/96, després que el general Sáenz de Santamaría insinués que quan Manuel Fraga era ministre de l'Interior també hi va haver guerra bruta contra ETA.

«FANFARRÓN»: Persona que es vanta de tenir unes qualitats ocultes —si més no, fins ara— per a la resta de mortals.

«Aznar es un inmaduro y un fanfarrón.»

Juan Carlos Rodríguez Ibarra, PSOE, 06/06/93, traient pit perquè els socialistes havien guanyat les eleccions contra pronòstic.

FANTASMA: Polític que fa precedir les seves aparicions d'una gran expectació i tres paraules màgiques: «Ja sóc aquí.»

503. **«Tarradellas es sólo un fantasma y nada más.»**

Santiago Udina, AP, 30/05/77.

FILL DE PUTA: Ésser humà que, igual que la seva mare, es dedica a la cosa pública.

504. **«Chulo, hijo de puta.»**

Juan Hormaechea, president de Cantàbria per AP, 02/03/88, dirigint-se al portaveu centrista, Manuel Garrido, quan aquest intentava abandonar el seu escó en un debat sobre política d'abocadors.

505. **«Son unos hijos de puta. No hay derecho que se me persiga, como me están persiguiendo a mí estos pájaros.»**

Jesús Gil, 01/03/96, després que el Tribunal de Comptes decidís auditar la seva gestió.

506. **«Sois todos unos hijos de puta.»**

José Miguel Bravo de Laguna, president del Parlament Canari, PP, 22/05/97, al diputat de la Plataforma Canaria Nacionalista Luis Lorenzo Mata, que l'havia criticat des de la tribuna.

«GILIPOLLAS»: Polítics certament ben dotats, però no precisament per a l'activitat intel·lectual.

507. **«Un traidor, no. Gerardo Iglesias es un gilipollas porque hace falta serlo para decir, como dice él en los mítines, que tiene que ser jefe de la oposición.»**

Santiago Carrillo, 20/06/86.

«Rodríguez de la Borbolla es un gilipollas que tiene el cuello torcido de tan gilipollas que es.»
Pedro Pacheco, Partit Andalusista, 30/05/87.

508. **«Anguita es un gilipollas.»**
Joaquín Leguina, PSOE, febrer del 1996.

«GOLFO»: Polític de passat entremaliat i tèrbol, com molts dels seus companys.
«Suárez es un golfo. Cuando él era responsable de determinadas cosas con la camisa azul, yo ya corría delante de la Policía.»
Javier de Paz, PSOE, 10/06/86.

GRASSA: Política encara més rica en paraules que en greix.
«A esa gorda [Cristina Almeida], **en cuanto llegue a Bagdad, le van a poner un velo en la cara y entonces se va a enterar.»**
Guillermo Galeote, PSOE, ridiculitzant la presència d'Almeida a la delegació que viatjava a l'Iraq per alliberar 15 ostatges espanyols.

«HIJOS DE BUDA»: Germans il·legítims de Richard Gere i descendents bastards del gran líder de l'espiritualitat oriental, amb qui sostenen postulats diguem-ne que diferents.
509. **«Los de HB son unos Hijos de Buda.»**
Alfonso Guerra, PSOE, 1984, referint-se a Herri Batasuna.

LLADRE: Conseller d'Obres Públiques, acusat de voler portar el seu càrrec fins a les últimes conseqüències.

«El conseller Roma és un lladre que ha de tornar el xalet que s'ha fet amb els cèntims de tots els catalans.»

Josep Curto, PP, 08/11/95.

LLEIG: Persona poc agraciada, segons els particulars cànons estètics de la dreta espanyola; o sigui, que tampoc està tan malament.

«No he visto nunca a nadie tan feo como Belloch.»

Celia Villalobos, PP, 15/05/95, jutjant el ministre socialista de Justícia i Interior, Juan Alberto Belloch.

LLIMONA ESPREMUDA: Cítric que ha perdut qualsevol rastre de (P)suc.

«Felipe González és una llimona espremuda, que ja no els serveix, als grans empresaris.»

Francesc Frutos, PSUC, 02/02/96.

LLOP DE LA DRETA: Polític voraç que és capaç de vestir-se de xaiet per entrar a qualsevol casa i, un cop a dins, cruspir-s'ho tot.

«El PSOE té el llop de la dreta a dins de casa i es diu Jordi Pujol.»

Antoni Gutiérrez Díaz, IC, 04/06/94.

«MAMARRACHO SINVERGÜENZA»: Espècie política d'escrúpols laxos i ànim intorbable.

510. **«Solamente a un mamarracho sinvergüenza como Rodríguez Ibarra se le puede ocurrir mentir a la Cámara como un bellaco.»**

Tomás Martín Tamayo, CDS, 27/11/92, després que Ibarra hagués dit que Tamayo havia cobrat un milió de pessetes per 28 hores de feina a la Cambra.

MAMUT PREHISTÒRIC: Polític pretèrit que es resisteix a admetre l'extinció de la seva espècie.

«Robles Piquer es un mamut prehistórico que dice en democracia las mismas chorradas que en el franquismo.»

Alfonso Guerra, PSOE, 05/05/83.

MANDARINS CORRUPTES: Dirigents polítics que obren il·legalment i que es reprodueixen com a *xinos*.

511. **«Los dirigentes del PSOE son como los pobladores de las estepas de la China imperial que degollaron a los mandarines corruptos (...), pero que 40 o 50 años después se convirtieron ellos mismos en nuevos mandarines y adoptaron las mismas costumbres que sus antecesores.»**

Juan Hormaechea, president de Cantàbria pel seu partit, Upca, 28/01/94.

MARCIÀ: Individu originari del planeta Mart, l'estudi del qual no ha permès obtenir respostes definitives a la pregunta de si hi ha vida intel·ligent més enllà de la Terra.

512. **«Anguita es la confirmación de que hay marcianos y que están por aquí entre nosotros.»**

Santiago Carrillo, 04/11/96.

«MARICONAZO» (pronunciï's «mariconáasooo»): Dit d'aquell polític que aprofita el seu accés al poder per efectuar tocaments impúdics als genitals d'un altre individu del seu mateix sexe.

513. **«Boyer, cuando te tenga que dar un puñetazo, te lo doy en directo, sin ugetista. Eres un mariconazo.»**

José María Ruiz Mateos, 04/05/89, segons abans del seu històric cop de puny a Miguel Boyer.

«MATÓN DE TABERNA»: Mcmbrc cspecialment temut del cercle de la *bodeguiya*.

514. **«Solchaga es un matón de taberna.»**

Marcelino Camacho, CCOO, després d'un enfrontament del ministre amb els sindicats.

«MENTECATO»: Polític d'esperit (i pentinat) obtussos.

515. **«Las declaraciones de Anasagasti son propias de mentecatos.»**

José María Aznar, PP, 21/01/96, després que el portaveu del PNB critiqués el cost excessiu del Congrés del PP.

MÉS TONTA QUE FEIXISTA: Persona de vel·leitats totalitàries, ofegades enmig d'àmplies llacunes mentals.

516. **«Mercedes de la Merced es más tonta que fascista.»**

José María Mendiluce, independent a les llistes del PSOE, 05/06/94.

MONJA ALFERES: Persona que ha sabut revestir la seva feminitat d'una aurèola místico-militar digna de ser admirada (però si és a una certa distància, millor).

«El PP está integrado por jóvenes joséantonianos trufados con alguna monja alférez.»

Alfonso Guerra, PSOE, 1990, referint-se a Loyola de Palacio, que acabaria sent ministre d'Agricultura.

NAZI CORRUPTE: Qualificació despectiva que hom dirigeix a un rival polític, desconeixent que al cap de poc acabaran tots dos al mateix partit.

517. **«Verstrynge es un nazi corrupto.»**

Guillermo Galeote, PSOE, novembre del 1984, dirigint-se a Jorge Vestrynge, AP, durant les discussions del «cas Flick» al Congrés. Uns anys després, Vestrynge acabaria al PSOE.

NENETS QUE ES FAN L'HOMENET: Joves adolescents que es passegen per la política de la maneta del seu pare omnipotent.

518. **«Aquests nenets de Convergència, que quan no es fan xalets amb diner negre, es volen dedicar a fer-se els homenets a costa de diner del MOPTMA, no em mereixen molt apreci.»**
Josep Borrell, PSC, 01/11/95, després que el conseller d'Obres Públiques, Artur Mas, assegurés que el govern central no tenia com a prioritat el Tren d'Alta Velocitat entre Barcelona i La Jonquera.

NEOFATXES: Jovenalla interessada a reviscolar determinades pràctiques apreses dels seus progenitors polítics.

«Me saca de quicio que esta gente, estos neofachas, digan que con Franco vivíamos mejor. Ya sabemos que ellos mangoneaban.»
Xabier Arzalluz, PNB, 20/05/95, parlant del PP.

NINA BARBIE BEN MAQUILLADA: Joguina líder de vendes a Espanya, convenientment retocada perquè, en el seu salt a la política, no se li noti un cert encarcarament facial.

«Aznar parece una muñeca Barbie bien maquillada, que no mueve el bigote cuando habla para que no se le note que miente.»
Juan Carlos Rodríguez Ibarra, PSOE, 24/05/93.

OKUPA MÉS GRAN DE CATALUNYA: Membre més ambiciós i honorable d'un col·lectiu que, quan s'instal·la al poder, es resisteix amb totes les seves forces a ser desallotjat.
«Pujol és l'okupa més gran de Catalunya.»
Iñaki Guerrero, PSC, 03/11/96, acusant el president de la Generalitat de tenir el Parlament segrestat.

PARAULOTA ENCARNADA: Ésser revestit d'una forma corporal certament insolent.
«Guerra debe irse, porque es una palabrota encarnada.»
Carlos Robles Piquer, PP, 30/05/94.

PERFECTE INCULT: Polític que sap portar la seva reconeguda ignorància amb una correcció exquisida.
«Suárez es un perfecto inculto procedente de las cloacas del franquismo.»
Alfonso Guerra, PSOE, 1980.

PERFECTES INÚTILS: Zeros que, tot i els seus viatges constants cap al centre, han conservat íntegre el valor nul de quan eren a l'esquerra.
519. **«Hem d'advertir els senyors Serra i Obiols que, en la defensa de Catalunya, han sigut uns perfectes inútils.»**
Jordi Pujol, CiU, 02/05/93.

PERFECTE NECI: Persona que ha excel·lit en l'art de la ximpleria.

520. **«Usted es un perfecto necio.»**

José Luis Corcuera, PSOE, 10/02/93, dirigint-se al senador del PP Joaquín Cotoner, que li acabava de demanar la dimissió com a ministre de l'Interior.

PERSONA AMORFA: Cos de contorns indeterminats, que ha sigut víctima del linxament públic amb què hom castiga els qui no passen per *caixa* cada quatre anys.

521. **«El que no vota és una persona amorfa.»**

Marta Ferrusola, CiU, 11/03/92.

PETIT SAC DE MALDATS: Receptacle amb ulleres, de dimensions escasses i moral desviada.

522. **«Carrillo es un pequeño saco de maldades.»**

Felipe González, PSOE, 14/10/82, després que Carrillo acusés els socialistes de tenir polítiques de centre.

«PIJO ESTALINISTA»: Polític que guarda documents d'esquerra radical, en una carpeta de l'Snoopy.

523. **«Joan Saura no és més que un «pijo estalinista.»**

Iñaki Guerrero, PSC, 22/02/96, després que el diputat d'Iniciativa per Catalunya digués: «És d'imbècils creure que el PSOE estarà amb els obrers.»

POLLOSOS: Veïns de Marbella atacats per uns insectes extremadament diminuts, especialment si els comparem amb les dimensions del seu alcalde.
«No quiero que dejen insectos. Son unos piojosos.»
Jesús Gil, novembre del 95, justificant per què no deixava una sala municipal al grup d'Izquierda Unida.

PORC: Polític que n'ha de venir de mena.
«Hormaechea puede disfrazarse de cerdo, porque le gusta revolverse en la basura.»
José Gutiérrez Portilla, alcalde de Torrelavega, jutjant el president de la seva comunitat, Cantàbria.

«PRINGAO»: Líder polític que ha sobreviscut a Guerres, Roldans, Rubios i companyia, però amb evidents seqüeles físiques i psíquiques.
524. **«Felipe González es un "pringao" que no se entera absolutamente de nada.»**
Pedro Calvo, PP, 31/05/94.

PSIQUIATRE DE COLPISTES: Metge de clientela selecta, especialitzat a guarir estats d'enyor excessivament perllongats.
«Fraga es un psiquiatra de golpistas. El peligro está en que a veces los psiquiatras acaban con la misma enfermedad que los golpistas.»
Alfonso Guerra, PSOE, 13/10/82.

PUTA: Progenitora femenina d'un polític, víctima sovint dels efectes laxants de certes disputes del seu fill.

525. **«Me cago en tu puta madre.»**

José Rodríguez de la Borbolla, president de la Junta d'Andalusia, PSOE, 28/12/88, li va dir a Luis Carlos Rejón, president regional d'IU. Després, De la Borbolla va enviar una carta de disculpa, directament a la mare.

«REPELENTE NIÑO VICENTE»: Polític d'ulleres generoses que, la seva sola visió, obliga a retrocedir unes passes.

«Herrero de Miñón es el repelente niño Vicente.»

Alfonso Guerra, PSOE, 1980.

REI DE LES CLAVEGUERES: Príncep sobirà de les aigües brutes.

526. **«Serra es el rey de las cloacas del Gobierno.»**

Francisco Álvarez Cascos, PP, 17/05/94.

«SALTAMONTES FRÍVOLO»: Polític que canvia de partit amb extrema lleugeresa.

«Tamames siempre ha sido un saltamontes frívolo.»

Antoni Gutiérrez Díaz, IC, 03/06/89.

SOLDADET DE PLOM: Petit militar de l'exèrcit català que, un cop conegut, sorprèn per la seva pesadesa.

527. **«Pujol es un soldadito de plomo con apariencia de poder.»**

Alfonso Guerra, PSOE, 1983.

«SOPLAPOLLAS»: Polític que sap com excitar la masculinitat dels rivals, gràcies a una bufera lenta, però persistent.

«Guerra es un soplapollas.»

Pedro Pacheco, Partit Andalusista.

SORDMUTS: Discapacitat orgànica ideal per no caure en discussions polítiques estèrils.

«Votar UCD es engordar una mayoría de sordomudos.»

Manuel Fraga, AP, 18/02/79.

SUBNORMALS: Tracte *deferent* que algun polític atorga als seus antecessors en el càrrec.

«En Extremadura, desde hace tres años, no gobiernan los subnormales, sino la inteligencia que quita la tierra para dársela al auténtico propietario, el pueblo extremeño trabajador.»

Juan Carlos Rodríguez Ibarra, PSOE, juny del 1986, quan es complien tres anys del seu accés al poder.

TAFUR DEL MISSISSIPI: Aficionat compulsiu al joc que, com sol passar, haurà de retirar-se arruïnat.
«Suárez es como un tahúr del Mississipi con el chaleco floreado.»
Alfonso Guerra, PSOE, febrer del 1980.

TITELLA: Polític a qui les urnes l'han convertit en un ninot en mans d'un altre, gràcies al qual conserva la seva aparièncía humana.
«A Pujol le conviene más quedarse fuera del Gobierno, manejando los hilos del guiñol, sabiendo que González es su marioneta.»
Francisco Alvarez Cascos, PP, 07/08/94.

TONTA ROSSA: Persona que, per la seva dedicació política, està més preocupada per l'oxigenació del cabell que no pas pel seu cultiu intel·lectual.
«Isabel Tocino es una tonta rubia meneando la melena; pide el voto durante 15 días y desaparece durante cuatro años; no sabiendo si una vaca tiene cuatro tetas o cuatro patas.»
Juan Hormaechea, president de Cantàbria pel seu partit, Upca, 10/05/93.

TRAÏDOR: Virtuós de la política.
528. **«El señor Piñeiro es un traidor, un títere, una marioneta, cuyos hilos manejan personas ajenas a la Cámara.»**

Alberto Ruiz Gallardón, PP, 21/06/89, dirigint-se a Nicolás Piñeiro, diputat del PRIM, que no va donar suport a la moció de censura contra el president socialista de la Comunitat de Madrid, Joaquín Leguina.

UNIÓ DE CACICS DISFRESSATS: Transmutació democràtica d'uns polítics acostumats al poder despòtic.
529. **«UCD puede significar Unión del Cero y el Donut o Unión de Caciques Disfrazados.»**
Alfonso Guerra, PSOE, febrer del 79.

VAMPIR JUBILAT: Animal polític que es dedicava a xuclar la sang dels seus rivals, a qui es va eximir del servei per raons familiars (del seu germà, bàsicament).
«Guerra es un vampiro jubilado.»
Felipe Alcaraz, IU, 12/05/91.

VERDULERA COVARDA: Polític reticent a mostrar en públic les seves hortalisses.
530. **«Es como una verdulera cobarde.»**
Antonio Jara, alcaldable del PSOE a Granada, 28/05/87, definint l'alcaldable d'AP, Gabriel Díez Berbel.

VOMITIU: Polític que estira els seus rivals de la llengua, fins a fer-los treure compulsivament tot el que guarden a dins.

«Lo único vomitivo que hay en este país es el lehendakari.»
José Luis Marcos Merino, vicesecretari del PSOE basc, 23/05/91.

XARLOTÍ: Senyor de bigoti que, quan el veus per la tele, et fa riure.
531. **«Aznar es un charlotín. ¿Qué se puede esperar de alguien que sólo se acuesta con su mujer?»**
Juan Hormaechea, president de Cantàbria pel PP, 1990, en una conversa pública de matinada, en un bar de Santander.

XIMPLES (COLLA DE): Grup de polítics heterogenis units per la seva poca ponderació mental (i per una certa necrofília, no ens enganyem!)
«Són una colla de ximples, perquè es passen el dia tirant-se els morts per la cara.»
Jordi Pujol, CiU, 28/01/96, fart de la polèmica dels Gal entre PSOE i PP.

XORIÇO: Reconeguda espècie política de cos embotit, galtes vermelletes i escrúpols limitats.
532. **«El gobernador civil es un chorizo.»**
Pedro Pacheco, Partit Andalusista, 11/02/88, després que el governador civil, Mariano Boquedano, volgués intervenir en un conflicte entre professors d'escoles públiques i l'Ajuntament de Jerez.

XULOS DE BARRI: Polítics altius, reticents a tractar amb gent de segons quins pobles.

533. **«Estos del PNV, son unos chulos de barrio.»**

Alfonso Guerra, PSOE, 1984.

ÍNDEX

EDICIONS LA CAMPANA

Sèrie Humor i Sàtira

1. *Auques i Espantalls*. Miquel Desclot.
   Premi Pere Quart d'Humor i Sàtira 1987.
2. *Un submarí a les estovalles*. Joan Barril.
   Premi Pere Quart d'Humor i Sàtira 1988.
3. *Topologia del malparit*. J. P. Chopin.
4. *Poemes satírics*. Josep M. de Sagarra. Recull i comentaris de Lluís Permanyer.
5. *Bla, bla, bla...* Ignasi Riera.
   Premi Pere Quart d'Humor i Sàtira 1989.
6. *T'han enganyat, Immaculada*. Enric Larreula.
7. *La propina*. Enric Larreula.
   Premi Pere Quart d'Humor i Sàtira 1990.
8. *Dibuixos de guerra*. Kalders i Tísner. Recull i pròleg de Lluís Solà i Dachs.
9. *El roncador domesticat*. Oreste Saint-Drôme.
10. *Els alcaldes de Barcelona en caricatura. De Rius i Taulet a Maragall.* Josep Cadena.
11. *Manual del perfecte escriptor mediocre*. Ramon Folch i Camarasa.
    Premi Pere Quart d'Humor i Sàtira 1991.
12. *Humor amb lletra i música*. Bartomeu Bardagí.
13. *Els fanàtics del futbol*. Piem.
14. *Les Tres Glorioses*. Nèstor Luján.
    Premi Pere Quart d'Humor i Sàtira 1992.
15. *El noi de la mare*. Joaquim Carbó.
16. *Vacances al Zurich*. Anna Vila.
    Premi Pere Quart d'Humor i Sàtira 1993.
17. *La casa a mida*. Jan Baca.
    Premi Pere Quart d'Humor i Sàtira 1994.
18. *Caricatures de Franco*. Reunides per Jordi Artigas.
19. *No la saps, aquesta?* Lluís Permanyer.
    Premi Pere Quart d'Humor i Sàtira 1996.
20. *Ciris trencats*. Tísner.
21. *El nom del porc*. Albert Om.
    Premi Pere Quart d'Humor i Sàtira 1997.